O blog da família

1ª edição

Giselda Laporta Nicolelis

O blog da família

ENTRE LINHAS ADOLESCÊNCIA

Ilustrações: Weberson Santiago

Atual Editora

Série Entre Linhas

Gerente editorial • Rogério Gastaldo
Assistentes editoriais • Jacqueline F. de Barros / Valéria Franco Jacintho
Revisão • Pedro Cunha Jr. e Lilian Semenichin (coords.) / Juliana Batista / Cid Ferreira / Talita Pousada

Gerente de arte • Nair de Medeiros Barbosa
Diagramação • Selma Caparroz
Projeto gráfico de capa e miolo • Homem de Melo & Troia Design
Coordenação eletrônica • Silvia Regina E. Almeida
Produção gráfica • Rogério Strelciuc
Impressão e acabamento • Forma Certa Gráfica Digital

Suplemento de leitura e projeto de trabalho interdisciplinar • Nair H. Kayo
Preparação de textos • Elza Maria Gasparotto

Dados Internacionais de Catalogação na Publicação (CIP)

Nicolelis, Giselda Laporta
O blog da família / Giselda Laporta Nicolelis; ilustrações Weberson Santiago. – 1ª ed. – São Paulo: Atual, 2009. – (Entre Linhas : Adolescência)

ISBN 978-85-357-0784-7

1. Literatura infantojuvenil I. Santiago, Weberson II. Título. III. Série.

CDD-028.5

Índices para catálogo sistemático:

1. Literatura infantojuvenil 028.5
2. Literatura juvenil 028.5

15ª tiragem, 2023

SARAIVA Educação S.A.
Avenida das Nações Unidas, 7221 - Pinheiros
CEP 05425-902 - São Paulo - SP
Tel.: (0xx11) 4003-3061
www.coletivoleitor.com.br
atendimento@aticascipione.com.br

CL: 810400
CAE: 576007

Sumário

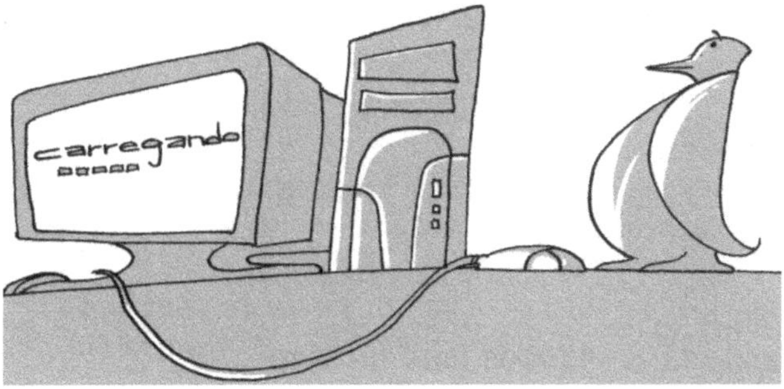

Há sempre um momento na infância em que a porta se abre e deixa entrar o futuro.
(Graham Greene, escritor inglês)

Não sou o que deveria ser e tampouco o que tenho intenção de ser, mas não sou mais o que era antes.
(frase encontrada pelo psicólogo Erik Erikson numa parede de bar, supostamente escrita por um adolescente)

Terça-feira, 6 de setembro

O blog da família entra em cena

Oi, gente! Aqui é o Pirata, que resolveu colocar um blog no ar para falar da família muito louca que habita esta caverna, com um monte de filhos, coisa que não se encontra fácil hoje em dia. Quanto tempo o blog vai durar? Depende de ter o que postar. Enquanto der, vai.

O Pai de Todos é arquiteto; foi ele quem bolou esta caverna – como por aqui tem mais garotos do que laranja madura em banca de feira, ele fez muitas tocas para colocar os pimpolhos. Eu, Pirata maior, ganhei uma toca só para mim; com o passar do tempo e as circunstâncias, precisei dividir minha amada toca com um irmão menor, o Urso, e perdi a privacidade. Mas, dentro do azar, tive sorte, porque o cara não dorme, hiberna, daí o apelido. Então dá sossego.

A Mãe de Todos, eu considero uma santa; faltam só o altar e a auréola. Pudera, além de aguentar o marido, que é tipo general em tempo de guerra, ainda tem que administrar esta caverna, o que, convenhamos, não é para qualquer uma. Sai de perto.

Além de mim, o Pirata, e do Urso roncador, ainda tem mais cinco guris habitando a caverna: A Gata Manhosa, que é toda melindrosa, qualquer coisa já abre o berreiro; a Gata Tinhosa, que é justamente o contrário: facilitou, vem chumbo grosso; os Digo-Digo, na verdade gêmeos idênticos, o que dá uma confusão dos diabos; e a BEBÊ, que nasceu no ano passado e fechou o número de filhos em sete.

Sem esquecer, lógico, das outras duas santas, as funcionárias da caverna, a Sete Chaves e a Sonhadora. A Sete Chaves é calada e nervosa: quando vê o montão de roupa para passar, suspira fundo. A Sonhadora fala pelos cotovelos, e quer porque quer ser artista de novela. Diz que nasceu para ser famosa.

Visitas costumeiras da caverna: a Vó de Todos, que é francesa, e o Vô de Todos, que é inglês – eles se conheceram numas férias em Madri, resolveram casar e emigrar para o Brasil, onde se naturalizaram (a Mãe de Todos, filha deles, já nasceu trilíngue e virou uma secretária executiva eficientÍSSIMA, como ela própria se define). Há também a mãe do Pai de Todos, que tem um detalhe que vale ressaltar: se algum neto a chamar de "Vó", a caverna cai, então a gente a apelidou de Madrinha. Ela é viúva e nem aparenta a idade que tem porque se cuida muito: já fez tudo que foi plástica, lipoaspiração, colocou botox, e tem cremes e perfumes de dar inveja a estrelas de Hollywood.

Finalmente, mas não de menor importância, tem a Ágata, que recebeu esse nome porque a Mãe de Todos curte muito aquela autora inglesa de livros de mistério, Agatha Christie. Dizem que a Agatha mandava o mordomo comprar maçãs e depois preparar um banho quente. Daí ela ficava na banheira comendo as maçãs... Os talinhos das maçãs, na borda da banheira, eram os capítulos do próximo livro que ela já trazia na imaginação. Brincadeira! Cabeça de escritor deve ser um vulcão sempre em erupção...

A nossa Ágata também é inglesa: uma buldogue albina de olhos verdes e de aparência te-ne-bro-sa. Outro dia, vieram uns caras entregar a máquina de lavar roupa que a Mãe de Todos tinha comprado. De repente, a Ágata, que estava presa no corredor, deu uma patada na porta e, curiosa, sentou bem no meio do caminho, com aquela cara de "vou pular no seu pescoço". Os coitados dos entregadores entraram em pânico e foi um custo para a Sonhadora explicar que a cachorra é mansa, ao que um deles replicou entre dentes: "Sei. Mas, se você não prender essa fera, vou dar no pé agora mesmo".

De certa forma, o cara estava coberto de razão: adiantava dizer para ele que a Ágata é tão preguiçosa que só abre um olho de cada vez? Se botarem uma preguiça e a Ágata para disputar uma corrida, é capaz de a preguiça ganhar. Depois, convenhamos, tem *serial killer* que nem parece assassino – pedaços de gente guardados na geladeira, e ele com aquela cara de anjo barroco...

Bem, pessoal, por hoje é só. Entrem e comentem. Volto assim que puder. Fui.

Escrito por Pirata, à 00:30

[Deixe sua mensagem]

Deise, de Florianópolis (SC): Qual é, cara? Pelo seu jeito de escrever, vc já é meio grandinho pra usar o *nickname* Pirata, não? Tô achando tb que essa sua família é de mentirinha. Deixe de embromação, mané. De qquer forma, confesso q me diverti mto.

De Pirata para Deise: Qual é a sua, deusa? Já chega chutando o balde? Logo vc vai saber p q uso esse *nickname*. Vc é uma gatinha de garras mto afiadas, sabia? Um beijo e continue acessando o blog. Vem coisa quente por aí.

Quarta-feira, 7 de setembro

Existe família perfeita?

Ei, galera, estou de volta, neste dia glorioso em que D. Pedro proclamou a Independência do Brasil e se tornou nosso primeiro imperador. Curto adoidado o Pedrão; qualquer dia volto a falar dele. Estou gostando de ter um blog, é uma espécie de terapia. A gente bota os demônios para fora, como fez o príncipe – desentala da garganta até mesmo o que não dá para dizer quando se quer... Porque ou dá aquele auê ou se constrói um império, vá lá saber...

Recebi uma mensagem dizendo que sou um enganador, que essa família que descrevo é de mentirinha; então resolvi contar toda a verdade só para ver a reação da galera. Aliás, tem uma psico, amiga da Mãe de Todos, que costuma dizer que família só é perfeita no porta-retratos: todo o mundo sorridente, nada de brigas, uma perfeição!

Então, vamos lá. O Pai de Todos não é meu pai biológico; ele é (com muita boa vontade) meu "bodrasto". Filhos mesmo são a Gata Manhosa e os Digo-Digo, do primeiro casamento dele.

Quando ele se separou da mulher, os filhos ficaram com a mãe, que depois casou novamente. Aí, a Gata Manhosa, que sempre foi muito ligada ao pai, não se deu muito bem com o padrasto porque ele, solteiro e sem filhos, não tem muita paciência com "aborrescente".

A GM pediu para morar com o pai. Aí foram os Digo-Digo que sentiram falta da irmã e também vieram de-va-ga-ri-nho. E, como o Pai de Todos assumiu os "filhos da Mãe" (no bom sentido, claro!), a "boadrasta" achou mais do que justo assumir os "filhos do Pai" (acho que ela nem imaginava no que estava se metendo). Foi quando eu, para mostrar boa vontade, recolhi o Urso, meu irmão biológico, que, por sua vez, cedeu a toca para os Digo-Digo, que são inseparáveis, como unha e carne. A Gata Manhosa passou a ser colega de quarto da Gata Tinhosa, minha irmã, porque eram as únicas garotas do pedaço. Até chegar a BEBÊ, que, felizarda, além de ser filha dos dois, ainda dorme no quarto do casal. Acho que é por isso que tem aquela cara de princesa.

Meu pai biológico é um cara legal: independente de pagar a nossa pensão todo mês, ajuda em tudo o que a gente precisa; não é como certos pais que chegam a ir presos por serem totalmente negligentes em relação aos filhos. Ele também casou de novo, e a madrasta já tinha duas filhas do primeiro casamento, que ficaram com ela. Agora o casal também ampliou a turma, já tem um garotão de três anos, meu meio-irmão, que é grudado em mim, por isso o apelidei de Chiclete. Quando eu, o Urso e a Gata Tinhosa vamos passar o fim de semana na casa do nosso pai, o Chiclete até dorme comigo de tanto que me ama.

Agora vou contar a parte triste da história, já que nem tudo na vida é só alegria, né? E pode ser que muita gente que está lendo este blog já tenha passado por isso também. Estou falando daquela sensação de "soco na boca do estômago" que dá quando os pais reúnem os filhos e dizem: "A gente resolveu se separar" – "mardita" hora, né?

Primeiro, a gente pensa assim: "Isso não está acontecendo comigo, só acontece com os outros". Depois, cai na real e precisa encarar. E os pais ficam dando aquela explicação meio besta de que "estamos nos separando um do outro e não dos filhos". Tudo bem para eles, porque o amor acabou e tal, mas e as crianças? Quando isso aconteceu, meus irmãos ainda eram pequenos, não entenderam muito bem o negócio. Eu, que já era adolescente, precisei explicar a parada para os outros dois, que só ficavam perguntando: "Por que o pai não vai mais morar aqui em casa? Ele não gosta mais da gente?".

Quando vi o pai arrumar as malas e depois sair pela porta da rua, quase me deu um troço, mas tive de me controlar por causa dos garotos, que olhavam tudo com cara assustada. É uma cena que jamais vai sair da minha cabeça...

Depois, conversando com a Mãe, fui entendendo... Eles se casaram muito jovens, quando ainda estavam na faculdade. Logo depois eu nasci e vieram meus irmãos. O casamento durou até o amor acabar. Sorte que não teve terceira pessoa no pedaço, para complicar mais as coisas. Como se costuma dizer, quando viram que a coisa não dava mais, eles discutiram a relação e se separaram de comum acordo, e a mãe ficou com a nossa guarda. E assim tocamos o barco.

No começo, confesso, galera, não foi fácil ver aquela cadeira vazia na mesa de jantar, o lugar vazio no sofá, um sufoco. Depois fui percebendo que não era o único garoto naquela situação; só na minha classe havia vários colegas com pais separados.

Quando nosso pai biológico casou novamente, eu aceitei numa boa, o Urso também. Já a Gata Tinhosa teve um ciúme mortal da madrasta (ainda hoje, elas se estranham de vez em quando). Foi só quando nasceu o Chiclete que a coisa melhorou um pouco. Todo o mundo se encanta com um bebê fofo, e agora a GT até acha legal passar o fim de semana na casa do pai, para cuidar da gracinha.

Mas, quando a Mãe engrenou o namoro com o Pai de Todos, quem ficou moído de ciúmes, confesso, galera, fui eu. Bateu assim um sentimento do tipo "a mãe é minha e de mais ninguém". Mas o brilho nos olhos da Mãe, a cantoria dela no chuveiro e tudo o mais fizeram com que eu percebesse que ela estava (e merecia ser) feliz. Acabei aceitando a decisão dela de casar com o "bodrasto" (apesar de a gente também se estranhar de vez em quando; é inevitável). Então ele construiu esta caverna e, aos poucos, foi realizando seu maior sonho: reunir toda a garotada sob o mesmo teto. Ponto para ele, que gosta de criança, apesar de adorar ordem no pedaço, o que não combina muito bem.

Quando nasceu a BEBÊ, foi um dia inesquecível, nem conto. A Mãe foi ao banheiro, de madrugada, e de repente começou a gritar que a bolsa tinha estourado – o chão virou piscina. O Pai de Todos entrou de supetão no meu quarto e pediu que eu fosse junto para a maternidade para dar aquela força. Antes de sair, a gente acordou as duas santas para que ficassem vigiando a garotada, que dormia a sono solto.

Lá, fiquei torcendo para tudo dar certo, afinal a Mãe não é mais uma criança, né? De repente o Pai veio gritando pelo corredor: "NASCEU, NASCEU, NASCEU!". Corremos para o berçário a tempo de ver a BEBÊ chegando direto da sala de parto: Geeeente, que emoção! Vi a enfermeira dar o primeiro banho, colocar a pequenininha num berço aquecido como uma banheira e depois vesti-la toda de roupa amarela, comprada pela Vó de Todos porque, ela diz, essa cor dá sorte. E a BEBÊ teve uns estremeliques que o Pai até assustou, mas a enfermeira disse que isso era normal em recém-nascidos. Afinal, a mocinha tinha acabado de desembarcar no planeta Terra.

Daí o Pai de Todos falou: "Fique aí curtindo a sua irmã que vou ver como está a sua mãe". Depois, voltou contente, dizendo que a Mãe estava ótima, e então me convidou para comemorar com um café da manhã na lanchonete da maternidade. Foi o melhor café da minha vida. Se eu não quisesse tanto ser arqueólogo, seria médico obstetra – quer coisa mais bacana do que ver a vida chegando... Será que dá para ser os dois ao mesmo tempo? Um descobrindo o passado, outro garantindo o futuro? Que tal, gente?

Devido a toda essa galera que faz parte da família, em aniversário, Dia da Criança, Natal etc., é uma "presentaiada" que dá até gosto: se pai-mãe-tio-tia-avô-avó-ex-marido-ex-mulher-sogro-sogra-ex-sogro-ex-sogra-amigo-amiga vai dar presente para um, tem que dar para todo o mundo, não é? Família ampliada tem lá suas vantagens.

Escrito por Pirata, às 06:10

[Deixe sua mensagem]

Karline, do Rio de Janeiro (RJ): Concordo com a Deise quando diz que a sua família parece de mentirinha. Essa história de "bodastro", "boadastra", qual é? Conta a verdade, tanta gente assim numa mesma casa deve dar uns barracos daqueles. Me engana que eu gosto, Pirata, ou seria Biruta?

De Pirata para Karline: Vc tb tem um nome esquisito. Vai ver o seu pai, antes de fazer o registro no cartório, tinha visto disco voador. Vá por mim: família a gente não escolhe, gatinha, aceita, que é o melhor caminho. Vem tudo junto no pacote. Continue acessando o blog que perdoo você.

Rafael, de Cachoeiro do Itapemirim (ES): Qdo meus pais se separaram, fiquei com a minha mãe. Nas últimas férias aqui, com meu pai e a "boadastra", gostei tto q pedi pra ficar. A mãe não só concordou, como voltou a estudar e até a viajar com as amigas. Vc acha que ela deu graças a Deus?

De Pirata para Rafael: O q vc queria que ela fizesse? Ficasse chorando dentro de casa? Não foi vc quem quis? Agora "guenta"! Se quiser voltar pro colo da mamãe, aposto q ela recebe vc de braços abertos: coração de mãe é supermercado vinte e quatro horas.

Rebeca, de Pelotas (RS): O divórcio dos meus pais foi mto sofrido pq teve uma terceira pessoa no pedaço. Por azar, foi a melhor amiga da minha mãe quem roubou meu pai. Acho que a mãe ficou mais chateada com a traição da amiga do q com a perda do marido.

De Pirata para Rebeca: Desculpe, querida, mas ninguém rouba quem não quer ser roubado – planta com raiz firme na terra não sai fácil. Nem com amiga da onça dando moleza.

Teresa, de Palmas (TO): Meus pais, depois de separados, tb casaram de novo. Tenho um meio-irmão por parte de pai q é uma graça. No aniversário do garoto, a família ampliada comparece numa boa pra cantar o "Parabéns pra você".

De Pirata para Teresa: Uma salva de palmas pra essa gente civilizada. Vc nasceu virada pra lua, hein, Teresa?

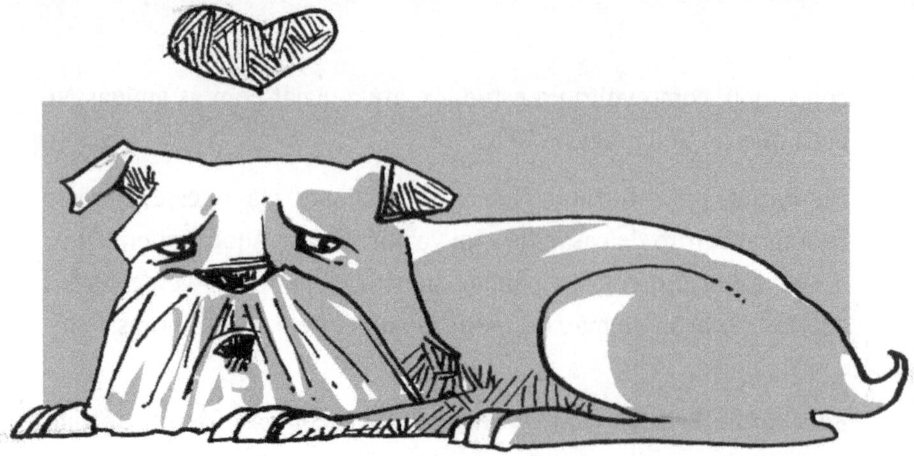

Segunda-feira, 12 de setembro

Madrugada agitada

Hoje, ninguém dormiu nesta casa; quer dizer, só o Urso, porque ele tem sono de pedra – pode matar pernilongo com tapa na cara, que ele não acorda. E não foi por causa da BEBÊ, não, foi por causa da Ágata. Aliás, a história dela é dez.

Um dia, a Mãe de Todos estava voltando para casa, atrasada como sempre, quando o carro pifou bem em frente de uma *pet shop*. Com a ajuda de um moço, ela conseguiu colocar o carro no estacionamento da loja e, ao entrar ali para telefonar para o mecânico, viu exposto um filhote de cachorro de uma raça que ela não conhecia: parecia um porquinho, mas com a cara cheia de rugas. Na verdade, parecia um daqueles cofrinhos em formato de porco. Foi paixão à primeira vista. Quando perguntou o preço do porquinho, ops, do cachorrinho, quase caiu de costas: era preço de joia.

O dono da *pet shop*, um veterinário, explicou que o filhote era uma fêmea de buldogue, e que essa raça custa caro porque, como o seu cruzamento natural é muito difícil, muitas vezes é preciso fazer inseminação artificial, e o parto é por cesárea. E o tal filhote tinha *pedigree*, certidão de nascimento, essas frescuras todas. Então a Mãe de Todos, decidida a comprar o filhote, perguntou se podia pagar à prestação, e ele disse que sim, podia pagar em até seis vezes. Foi assim que a Ágata passou a fazer parte da família.

Quando o Pai de Todos, mais tarde, chegou do trabalho e topou com aqueles olhos verdes e a cara enrugada, já entrou na cozinha perguntando: "Quem esqueceu aquele porquinho no meio da sala?".

Como a Mãe estava no banho, quem respondeu foi a Sonhadora: "Não é porquinho, patrão, é filhote de buldogue".

O Pai subiu correndo as escadas e foi pedir explicações para a Mãe, no banheiro mesmo. Quando soube quanto ela tinha pagado pela buldogue, não quis acreditar: "Tanta coisa faltando nesta casa, mensalidade de colégio me enlouquecendo quando tento fechar as contas no final do mês, e você faz prestação para comprar cachorro? Enlouqueceu?".

A Mãe, toda ensaboada, respondeu que sim, que ela tinha enlouquecido de paixão. Além disso, o dinheiro era dela e podia fazer o que bem entendesse com ele. Não contribuía para as despesas da casa com a sua parte? Ou ele pagava tudo sozinho? Se fosse no tempo da Madrinha, que o homem bancava a mulher, ele bem que podia chiar...

Vendo que o assunto iria render, porque até a mãe dele já estava entrando no meio, o Pai deixou barato e foi terminar um trabalho que precisava entregar no dia seguinte. E a criançada se acabou de brincar com a Ágata, até que a Sonhadora lembrou: "Chega de pegar na cachorrinha, senão pesteia e morre".

Dizem que todo cachorro escolhe um dono, e a Ágata escolheu a Sonhadora, que passou a chamar o filhote de Nenê. Era Nenê pra cá, Nenê pra lá, bem tratada feito joia da coroa.

Quando a Mãe engravidou da BEBÊ, o Pai foi radical: "Chega dessa história de chamar cachorra de Nenê. Não quero confusão quando a minha filha nascer".

A Sonhadora fez bico, seus olhos se encheram de lágrimas, até que a Mãe deu um jeito: "Não esquenta, ele fica fora o dia inteiro e você chama a cachorrinha de Nenê. Quando ele estiver por perto, você chama de Ágata, pronto".

Os olhos da Sonhadora até brilharam de alegria, as lágrimas secaram na hora. E o Urso comentou: "A senhora deveria ser diplomata. Era capaz até de resolver problema lá nas Nações Unidas".

A Mãe de Todos, já de saída e atrasada, replicou: "É que sou pragmática". Daí o Urso quis saber o que era pragmática, e ela respondeu: "Danço conforme a música, entendeu? Tchau".

Contei tudo isso para explicar por que ninguém dormiu esta noite... A Ágata teve uma crise respiratória (ela tem bronquite, por isso o veterinário deixou a Mãe pagar a cachorrinha em prestações), e a Mãe de Todos teve que acordar o Pai de Todos para levar a buldogue ao pronto-socorro veterinário – já imaginou o drama?

Sobrou para mim, claro, olhar a BEBÊ. E ela fez tudo o que tinha direito: mamou, arrotou, brincou, cantou, puxou meus cabelos, me chutou, arranhou... E até precisei trocar fralda, porque, justo comigo, em vez de fazer porquinho, como a gente costuma dizer, ela fez foi um javali – é mole, galera? E eu tinha prova de Matemática hoje de manhã. Fui sonado para o colégio, me virei como pude. Nenê, ops, Ágata, vai bem, obrigado. Apesar de a Mãe de Todos, depois da noite em claro, errar a quantidade de remédio da inalação recomendada pelo veterinário do pronto-socorro, o que fez a buldogue dormir o dia inteiro... Mas tudo é bom quando acaba bem.

Escrito por Pirata, às 20:15

[Deixe sua mensagem]

Adão, de Salvador (BA): Cara, seu padrasto é um santo; aturar essa família maluca não é pra qquer um, não. Se alguém aqui de casa fizesse prestação pra comprar cachorro, a coisa pegava feio, sacou? Aliás, de buldogue, só conheço aquele de desenho animado, bicho feio pra burro, não vejo vantagem nenhuma. Agora, aquela história de inseminação artificial é dez. Tem louco pra tudo, né, *meurmão*? Tô adorando o blog, vai nessa q dou a maior força.

De Pirata para Adão: A bênção, Bahia de Todos os Santos. Foi aí q o Brasil começou, né, não? De santo, garanto, o Pai não tem nada; ele é o rei dos desmancha-prazeres. E filhote de buldogue é uma lindeza; depois tem gosto pra tudo, sacou? Vc nunca ouviu aquele ditado q "quem ama o feio bonito lhe parece"?

Mirna, de Belo Horizonte (MG): Amei a Ágata de paixão. Tem jeito de me arrumar um filhote qdo ela der cria?

De Pirata para Mirna: Tá difícil. A gente até tentou arrumar um parceiro pra Ágata, lá na *pet shop* — o bicho era tão gde q parecia um bezerro. A Ágata não foi com a cara dele, deu uma rosnada q o outro saiu de fininho. Qto à inseminação artificial, ainda não deu pra encarar.

Quinta-feira, 15 de setembro

Pai (que se acha) tenor é de matar!

Vocês podem pensar que o Pai de Todos é uma fera, quer dizer, aparentemente é, como eu já falei, tipo general na frente de batalha. Só que ele esconde o leite, sacou? Ele disfarça bem, porque, por mais incrível que pareça, tem alma de artista. Ou pensa que tem, sei lá. O sonho secreto dele era ser tenor. Daqueles que cantam em óperas.

Ópera, vocês sabem, né, é como uma peça de teatro não apenas representada, mas cantada. A voz principal é a do tenor (entre os homens) e a da soprano (entre as mulheres). As histórias são quase sempre dramáticas: amores impossíveis, vinganças, rivalidades entre famílias. Quem me explicou tudo isso foi o Pai de Todos, que tem uma coleção de CDs de ópera para ninguém botar defeito.

O Pai de Todos é mais desafinado do que piano que cai ao ser carregado pela escada. Quando ele começa com "Mio bambino caro...", até os gatos do telhado estrilam, e a Ágata corre para a casinha dela. A voz do Pai de Todos espanta até pernilongo da cara do Urso, e olha que o mano é o paraíso dos pernilongos, ou melhor, das pernilongas, afinal são as fêmeas que sugam o sangue, aquelas vampiras...

Mas sonho é sonho, e, embora não consiga ser tenor, o Pai de Todos se tranca no escritório e põe as óperas favoritas no último volume, chegando a estremecer a casa; e ai de quem reclamar! Agora deu de levar a BEBÊ junto porque cismou que ela leva jeito para ser uma prima-dona no futuro. Por sorte, a Mãe de Todos conseguiu convencê-lo a baixar o volume do som, para não estourar os tímpanos da pequenininha antes mesmo de ela se tornar uma diva do canto lírico.

Meu grande sonho é bem outro: ser um caçador de tesouros enterrados por piratas. Já imaginou entrar naquelas grutas onde os piratas escondiam caixas e caixas cheias de objetos de ouro e prata, e pedras preciosas?... O Vô de Todos diz que, em certa época, os reis ingleses até financiavam os bucaneiros (é assim que eram chamados esses piratas), que saíam pelo mar roubando navios de outras nações e que depois tinham que dar a cota da coroa, claro! Isso me faz lembrar alguma coisa... mas deixa pra lá.

Eu só não queria ser aqueles piratas, que, coitados, depois de enterrar, por ordem dos chefes, os tais tesouros, eram mortos rapidinho para não revelar os esconderijos, que deviam permanecer secretos – brincadeira! E eu também não queria os tesouros para mim, não; podia até doar para os museus do mundo inteiro... Eu queria é ter o gostinho de achar o mapa de um tesouro e sair à caça dele; já imaginou que emoção?

A Mãe de Todos diz que eu posso realizar meu sonho sendo arqueólogo. Os arqueólogos também podem descobrir tesouros ocultos nas areias dos desertos ou em outros lugares inóspitos. Para isso, cavam durante anos e anos, com aquelas ferramentas especiais, aguentando calor, mosquitos... e, quando encontram alguma coisa que pareça interessante, limpam cuidadosamente com pincéis, porque aquele pequeno caco pode ter valor histórico...

É como se montassem um quebra-cabeça. Cara, só tendo muita paciência, chapéu e filtro solar de montão.

Já imaginou, por exemplo, a emoção dos arqueólogos ao descobrirem, quase por acaso, o sarcófago todo de ouro do faraó Tutancâmon? Sem falar no monte de objetos de ouro e de marfim, que deviam acompanhar o faraó na sua última viagem.

Dizem que a maldição do faraó matou várias pessoas que participaram dessa expedição... Mas li que, por ficarem fechadas por milhares de anos, essas câmaras mortuárias são um ambiente propício para o desenvolvimento de uma espécie de fungo que pode até matar ao ser inalado – será? Nesse caso, até que uma boa máscara contra gases teria resolvido, né?

Eu, por mim, acredito mais na maldição. Afinal, será que alguém consegue resistir quando descobre a entrada secreta de uma tumba? E tem também aquela história de que as pirâmides e outras maravilhas do passado foram construídas com a ajuda de ETs. Até descolei um livro antigo sobre isso, na livraria da Vó de Todos, que me deixou maravilhado: *Eram os deuses astronautas?*, de um cara chamado Erich von Däniken. Segundo a Vó, esse livro fez muito sucesso, mas depois disseram que era tudo imaginação do autor. Vá lá saber...

Por falar nisso, eu adoraria conhecer um ET. Já pensou uma nave espacial de outro planeta pousar no quintal da gente, e de lá saírem uns extraterrestres para um papinho? Pô, seria o máximo, galera! E se eles convidassem para dar uma voltinha, vocês iam? Eu acho que arriscava...

Escrito por Pirata, às 18:30

[Deixe sua mensagem]

Morena dos olhos-d'água, de São Paulo (SP): Acho que sei p q vc escolheu esse *nickname*, Pirata: vc leva jeito pra político; aquele q se mata pra ser eleito, pra depois entrar nas tretas e enriquecer rapidinho. Se eu acertei, q prêmio eu ganho, além de perder tempo lendo seu blog?

De Pirata para Morena dos olhos-d'água: Acho que sei p q você tb escolheu esse *nickname*: tá se achando a musa do Chico Buarque? Generalizar é perigoso, verdinha: pode ter mto político safado, mas, com certeza, tem gente honesta tb. Beijos nos lindos olhos. Volte spre.

Nadjanara, de Passo Fundo (RS): Se vc acredita na maldição do faraó, tb acredita em fantasma, correto? Se visse um fantasma de verdade, vc corria ou encarava?

De Pirata para Nadjanara: Gata, acreditar em fantasma é uma coisa, encarar é outra. Garanto q, se visse um fantasma, eu ganharia a Olimpíada e já estaria chegando aí a passos largos. A propósito, será q não foi depois de ver um fantasma q deram esse nome pra vc?

Cléo, de Miracatu (SP): Eu adoraria encontrar uma arca do tesouro, cheia das mais belas joias. Mas não levaria pra museu nenhum, e sim pra minha casa; achado não é roubado, certo?

De Pirata para Cleópatra, ops, Cléo: Engano seu, minha rainha. Qdo se acha alguma coisa, a gente devolve, ainda q seja pra museu. E nem precisa posar de herói, pq ser honesto é obrigação, não mérito, apesar de mta gente confundir as coisas.

Rubens, de Fortaleza (CE): Meu sonho é ser rico. Só q não sou nenhum Ronaldinho Gaúcho. Estou tentando meu primeiro emprego, mas spre exigem experiência, q só terei qdo arrumar algum emprego. O q faço pra ficar rico depressa e ter tudo o q mereço? Ou vou envelhecer pobre, desempregado e frustrado?

De Pirata para Ru-BENS: É, meu amigo, a coisa tá feia pra nós, jovens. Conforme-se comigo, q quero ser arqueólogo num país onde quase todos os fósseis são contrabandeados pra fora; os q sobram viram chão de *shopping*. Se bobear, vc pode estar pisando num deles agora. Qto a ficar rico depressa, compadre, é mais fácil cair um raio na cabeça do q ganhar na loteria; então, só há um caminho: vá à luta!

Domingo, 18 de setembro

Meu Universo favorito

A Mãe, como acontece com várias garotas, engravidou muito cedo. Por isso, para não atrapalhar os estudos da filha, quando eu nasci a Vó de Todos literalmente me carregou para a livraria que ela tem desde que chegou ao Brasil; assim, mamei leite e livros ao mesmo tempo. Acredite se quiser, eu me alfabetizei *sozinho*! Um dia a Vó de Todos me pegou lendo e pronto.

Então, gente, criei o meu universo paralelo, ou favorito, como quiserem. Para tudo o que eu queria saber, com aquelas perguntas infantis que todo menino faz, a Vó de Todos apontava uma prateleira e dizia: "Vá lá, que você encontra a resposta".

Eu ia e continuo indo... Depois apareceu a Internet, e então passei a navegar muito também. É claro que não passo a vida lendo. Adoro cinema, principalmente filmes de terror. Quanto mais apavorante, melhor! Tenho uma coleção de DVDs dez. Curto sentir medo, pavor! (Sentado na poltrona, claro, e sem fantasmas por perto.)

Quanto às baladas, o Pai de Todos é implacável: meia-noite, ele tranca tudo e apaga as luzes, e todo mundo tem que dormir; por enquanto, além da Mãe de Todos, ninguém tem a chave da casa, o que já rendeu brigas homéricas tanto com a filha quanto com a enteada, a Gata Tinhosa, que não deixa barato. Ela o apelidou de Carruagem da Cinderela: bateu meia-noite, ele começa a virar abóbora... Começa pelos pés e assim vai. Então, se ainda tiver alguém acordado, vai precisar levar a abóbora para a cama ou para a panela, para ver se, quem sabe, vira doce de abóbora.

A bronca da turma é que muitos pais levam os filhos para a balada e depois vão buscar. Tem gente que até coloca despertador para acordar na hora certa, de madrugada. Imagine se o Pai de Todos vai fazer isso! E a Mãe de Todos, nem pensar, porque ele também não iria admitir que ela fosse sozinha.

A minha sorte é que não me ligo muito em balada. Vou entregar: desde pequeno sou um cara TÍMIDO! Detesto multidão... E, pior de tudo, na hora de ficar com uma gatinha começo a suar frio, mãos geladas, um horror! Então, prefiro ficar na minha.

Só que o Pai de Todos esqueceu de combinar esse horário com a BEBÊ. Então, lá pela uma da madrugada, ela desperta, abre o maior berreiro no berço... E ele, que ao contrário do Urso tem sono de passarinho, pede para a Mãe de Todos: “Pelo amor de Deus, faça essa criança dormir”.

Sobra para a Mãe, que, em desespero de causa, leva a BEBÊ para a cama deles. A malandra, que não queria outra coisa, pega no sono. Então, a Mãe a coloca no berço novamente. Dali uma hora, ela acorda. E do berço para a cama, e da cama para o berço, lá vai a madrugada. Até que o Pai dá um ultimato: “Se você puser essa menina no berço mais uma vez, eu vou dormir na sala”. A BEBÊ leva mesmo jeito de prima-dona, temperamental mesmo, do tipo que enlouquece os maestros.

Escrito por Pirata, às 17:20

[Deixe sua mensagem]

Patrícia, de Campo Grande (MS): O blog tá muito papo cabeça. Vc se acha, não? Transpira tta sabedoria q até dói. Tô desconfiada q vc é um tiozinho metido a *boy* pra pegar carona com alguma gatinha.

De Pirata para Patricinha: Qdo foi q eu disse q só ia escrever besteira? Cada um na sua, garota. Se vc só lê revistinha sobre artista de TV ou só curte cuidar dos lindos cabelos, tudo bem. Mas o mundo é feito de gente de todo tipo. Ou vc pensa q gente é como pão francês, q chega de fornada na padaria da vida? E olhe q até pão sai meio diferente, dependendo do humor do padeiro.

Paulo, de Manaus (AM): Tô ligado no seu blog, mano. Vc pode até ser o maior CDF, mas manda bem. Q vc acha dos caras q acabaram com todas as florestas do mundo e agora querem pq querem salvar a Amazônia?

De Pirata para Paulo, o ecologista: Quem tem telhado de vidro não deveria atirar a primeira pedra, né? De qquer forma, a gente não pode fingir q tá tudo OK. Salvar as florestas é dever de todos. Mesmo não sendo índio. E olhe q já tem até índio vendendo madeira e ouro pra comprar caminhonete importada. Não podemos desistir, cara pálida.

Madenusa, de Barreiras (BA): Adoro garotos tímidos. Comigo vc ficaria numa boa pq gosto de conquistar, não de ser conquistada. Vc acha isso estranho?

De Pirata para Madenusa: Estranho, p q? De jeito nenhum. Estranho é vc não ser *Made in Brazil.*

Segunda-feira, 19 de setembro

Gata também tem dia de tigresa

Desconfie sempre de uma gata meiga; ela pode não ser o que parece. Eu que o diga. Aqui na caverna tem uma Gata Manhosa, que, de vez em quando, vira fera de unhas e dentes afiados. Ela, depois de ficar com vários garotos, agora namora um colega lá do colégio, boa-pinta, mas muito metido a besta, que se acha.

Sabe aquele cara que já chega ligando a TV em jogo de futebol, abre a geladeira e pega refrigerante sem pedir licença, fica para jantar sem ser convidado, só falta dormir na caverna?

Pois foi justamente depois de um comentário desse tipo feito pelo Pai de Todos, já de paciência esgotada, que a Gata Manhosa falou na lata: "Sabia que os pais de uma colega minha, lá da escola, deixam o namorado dela dormir em casa?".

Foi um silêncio se-pul-cral na sala. A Sete Chaves, que estava por perto, respirou mais fundo do que de costume e foi saindo de fininho. A Mãe de Todos levantou para acudir a BEBÊ, que, na hora exata, abriu um berreiro lá no quarto. Mas eu aguentei firme, porque não é todo dia que acontece um terremoto assim na caverna.

O Pai de Todos contou até dez ou até vinte, vá lá saber. Sentou ao lado da Gata Manhosa e começou o sermão: "Minha filha, sei que os tempos mudaram muito, mas tudo tem um limite, concorda?".

Mas a Gata Manhosa não estava para brincadeira e insistiu: "O senhor prefere que eu namore aqui em segurança ou que vá a outro lugar? A gente é menor de idade, então a coisa complica".

O Pai de Todos olhou para o meu lado, e eu fingi que lia o jornal. Mas percebi que o rosto dele estava vermelho. Acho que ele não imaginava ter uma conversa assim tão cedo. Então pegou as mãos da garota e foi direto: "Você não entendeu, minha filha. Não se trata apenas de lugar. Você é muito nova ainda para ter uma vida sexual. Por que a pressa? Continue só com uns beijinhos... Você já imaginou os riscos? Você pode engravidar ou mesmo pegar uma doença".

A Gata Manhosa deu um risinho meio safado: "Doença, eu acho que não, porque a gente ainda é virgem. Agora, gravidez, a gente pode usar camisinha, pílula anticoncepcional, não pode? Tô cansada de saber de tudo isso".

O Pai de Todos tentava dialogar: "Então, por que a pressa, minha filha? Você só tem dezessete anos". Não deu nem tempo de ele acabar a frase, e a Gata Manhosa já caiu matando: "A Madrinha disse que, com essa idade, já estava casada e esperando você".

Foi nessa hora que a Mãe de Todos retornou à sala, então o Pai de Todos apelou: "Pelo amor de Deus, ponha um pouco de juízo na cabeça desta menina. Você ouviu o que ela quer agora? Trazer o namorado para dormir aqui em casa".

A Mãe de Todos, tentando contemporizar, respondeu: "Calma, a gente precisa é de muito diálogo, conversar numa boa, de cabeça fria".

Então, quase rangendo os dentes, o Pai de Todos replicou: "E o que você acha que estive fazendo até agora? Você fala assim porque a filha não é sua".

Irritada, a Mãe de Todos argumentou: "Espere aí! Se fosse a *minha* filha, eu agiria da mesma forma. Não tenho culpa se a sua ex-mulher não deu limites à *sua* filha".

A Gata Manhosa aproveitou a deixa: "Pare de falar mal da *minha* mãe e enfie na cabeça do meu pai que eu não sou mais uma menininha. Ou ele acha que eu vou ser virgem pelo resto da vida? Será que só se descer um anjo do céu vai servir pra mim?".

Nessa hora saí de perto, senão ia sobrar até para mim. Cá para nós, galera, a coisa vai pegar. E vai ser terremoto de nível seis, pode crer. Acho que o Pai de Todos ainda não está preparado para ver uma filha crescer...

Escrito por Pirata, às 21:00

[Deixe sua mensagem]

Márcia, de Curitiba (PR): Já q vc falou de trazer namorado pra dormir em casa, e a maioria dos pais não deixa, como há ttas adolescentes grávidas no país? Só na minha escola há várias meninas de barriga. Informação sobre o assunto não falta, tem anticoncepcional de graça nos postos de saúde; então, p q isso acontece? São todas otárias?

De Pirata para Márcia, a bem informada: Já vi esse filme até no meu colégio. Acho q é aquela história: "comigo não vai acontecer". Tem até garota q pensa q na primeira transa não engravida. E, qdo a garota namora um cara mais velho, acha q se pedir pra ele usar camisinha vai ser chamada de galinha. Pra mim, elas marcam é bobeira. Depois o cara dá no pé, com a desculpa de q não é pai da criança. Olho vivo, garotas!

Cledisnéia, de Franca (SP): Meu maior sonho spre foi casar virgem, de véu e grinalda. Minhas colegas vivem me zoando, dizendo q eu nasci no século errado. Agora estou namorando firme e qquer dia eu sei q o meu namorado vai querer transar. Daí o q faço?

De Pirata para Cledisnéia: Não faz. Seja franca com ele e diga q o seu sonho é casar virgem. Você tem o direito de decidir sobre a sua vida. Se ele amar vc bastante, vai entender. Caso contrário, melhor trocar de namorado.

Celso, de Barbacena (MG): Falando sério, você é virgem?

De Pirata para Celso: Falando sério? Sou escorpião, com ascendente em touro. No horóscopo oriental, sou tigre. Brincadeira!

Quarta-feira, 21 de setembro

Mania é osso duro de roer...

O Urso, meu irmão que hiberna, curte muito bicho; acho que ele vai ser veterinário. Se pudesse, recolhia todo animal perdido na rua e trazia para casa. Já pensou? Daí que a Mãe de Todos enlouquecia de vez. Outro dia, ele topou com um garoto afogando uma ninhada de gatinhos na enxurrada (esse leva jeito de psicopata, afinal dizem que os psicopatas começam já na infância a fazer maldades com bichos). Ele, o Urso (não o psicopata), conseguiu salvar três gatinhos. Deu o leite da BEBÊ para eles, depois deixou a Ágata cuidando dos bichanos.

A cachorra andava meio esquisita, mais mole do que de costume e, ainda por cima, com leite nas tetas. A Mãe de Todos, preocupada, levou-a ao veterinário, que fez um diagnóstico incrível: como ela nunca teve filhotes, pintou uma gravidez psicológica. Então os gatinhos vieram em boa hora, porque ela, além de acolher os três numa boa, ainda os amamentou. Agora dormem todos debaixo dela e nem reclamam – brincadeira! Quem diria: aquela suposta fera, que assusta os mais desatentos, agora é mãe adotiva de gatos! A gente aceita sugestões para os nomes dos novos moradores "miantes" da caverna; isso até o Pai de Todos descobrir e ter um chilique, como diz a Vó de Todos.

O Pai de Todos é cheio de manias, todo sistemático. Outra noite, chegou da rua lá pelas onze e meia e deu com a Mãe de Todos e a Gata Tinhosa assistindo a um filme antigo, sobre Anne Frank, sabe, aquela garota judia de treze anos, que, na época da Segunda Guerra, ficou escondida por 25 meses, com a família e mais quatro pessoas, no sótão de um prédio em Amsterdã. Como no andar de baixo funcionava uma fábrica, eles precisavam ficar calados durante todo o expediente para não serem descobertos. Dá para imaginar o sufoco?

Vivendo encarcerada, ela disfarçava seu sofrimento escrevendo um diário, que guardava num lugar secreto do sótão. Certa manhã, os nazistas invadiram o esconderijo e todos foram levados para campos de concentração; num deles, Anne e a irmã acabaram morrendo de tifo. Anne ainda não completara quinze anos. Otto, o pai delas, o único que sobreviveu, resgatou o diário da filha e dedicou o resto da vida a espalhar as mensagens de Anne, que jamais perdeu a esperança no futuro e na paz.

Comovente, não é? Principalmente quando se pensa que mais de quarenta milhões de pessoas morreram nessa guerra absurda, ocorrida há mais de sessenta anos.

Pois bem: o filme sobre Anne Frank era longo e só ia acabar depois da meia-noite, justamente na hora em que o Pai de Todos vira abóbora... Então ele já chegou perguntando: "Quanto tempo dura este filme?". "Está acabando", disse a Mãe de Todos, sem muita paciência. E não é que ele pegou o controle remoto e sem mais nem menos desligou a TV nos minutos finais do filme...

A Mãe de Todos deve ter contado até mil para não explodir. Acho que pesou os prós e contras, e resolveu deixar barato. Mas a Gata Tinhosa, inconformada, passou no meu quarto para desabafar: "Você viu o que o nazista fez desta vez?". Comentem. Ela tem razão ou não?

Escrito por Pirata, à 00:30

[Deixe sua mensagem]

Márcio, de Goiânia (GO): Qual é, cara, falando desse jeito, vc até parece odiar seu padrasto. Falta de respeito, pô!

De Pirata para Márcio: Q tal o seu papai desligar a TV durante o jogo em q seu time do coração disputa uma final de campeonato? Qdo ele fizer isso, a gente volta a conversar, certo?

Joana, de João Pessoa (PB): Concordo com vc: seu padrasto é um prepotente da pior espécie e não merece ser chamado de "bodastro". A sua mãe devia mais é ter chutado o pau da barraca.

De Pirata para Joana: Acho q a Mãe tava cansada demais pra chutar o pau da barraca. Depois, tem gente q pensa que deixar barato é mais fácil; mas, às vezes, o barato sai caro. Tudo q vai volta.

Sonhadora, de Recife (PE): Estou fascinada pela sua inteligência. Aqui na minha escola os garotos só querem saber de ganhar um iPod.

De Pirata para Sonhadora: Coincidência, eu tb sonho com um. Mas a grana anda curta. E qto à inteligência, querida, o recheio tem que caber no pão. Não exagera, vai.

Quinta-feira, 22 de setembro

Tem gosto pra tudo

Eu nem ia alimentar o blog hoje, mas aconteceu uma coincidência tão estranha, que preciso compartilhar meu espanto.

As "garotas" da caverna estavam assistindo ao filme sobre Anne Frank, quando o Pai de Todos desligou a TV, lembra, galera? Pois hoje li no jornal que, justamente ontem, em Viena, morreu Simon Wiesenthal, que caçou nazistas pelo mundo inteiro durante sessenta anos. Foi ele quem localizou Karl Joseph Silberbauer, o oficial da Gestapo (a terrível polícia secreta nazista) que prendeu a família de Anne Frank em 1944. Dá para arrepiar!

Aliás, li também uma coisa curiosa numa revista; parece filme de aventura: a primeira sinagoga das Américas foi construída em Recife (Pernambuco), durante o domínio holandês no Nordeste. Mas, quando Portugal expulsou os holandeses do Brasil, os judeus tiveram que retornar à Holanda. Nessa viagem, um dos navios naufragou na Jamaica, e um grupo de pessoas pagou uma fortuna para um pirata levá-las à Holanda. O pirata, porém, acabou largando todos em Nova Amsterdã (que hoje é Nova York), local que os holandeses tinham comprado de uma nação indígena por um punhado de dólares.

Esses judeus então se instalaram naquela cidade e fundaram a Bolsa de Nova York. E até hoje existe lá um cemitério judeu, com nomes portugueses. Em tempo, galera: 37% dos Prêmios Nobel americanos foram dados a cidadãos de origem judaica, nascidos nos Estados Unidos ou acolhidos por esse país. Sem falar nos cientistas, escritores, artistas etc. A lista é enorme.

Outro dia perguntei para uma professora por que tinha tanta gente inteligente, às vezes até genial, de origem judaica, e ela me respondeu: "O único patrimônio que nunca pôde ser roubado do povo judeu foi o conhecimento" – dá o que pensar, não dá?

Isso não impede que eu torça adoidado pelos palestinos. Acho que eles têm o direito sagrado de possuir seu próprio país e condições dignas de vida. Isso os judeus deveriam aceitar numa boa. E os palestinos também deveriam aceitar a existência do Estado de Israel. Talvez assim acabasse essa guerra interminável e fratricida, porque, afinal, judeus e palestinos vêm da mesma terra. Por que será que a alegria de uns tem de ser sempre a tristeza dos outros, pô!

Escrito por Pirata, às 19:15

[Deixe sua mensagem]

Otto, de Porto Alegre (RS): Vc é um judeu metido, sabia? Pra mim, judeu gosta é de dinheiro. Só conseguiram fazer o Estado de Israel pq os Estados Unidos enviaram bilhões de dólares pra eles. Assim, até eu.

De Pirata para Otto: Só dinheiro não resolve, não. Enviaram fortunas para a África, e a miséria continua a mesma, pq o dinheiro muitas vezes nem chega a quem precisa. Aquele pedaço de terra q hoje é Israel era só areia... Sabe o q dizia David Ben-Gurion, um dos fundadores de Israel? "O difícil a gente faz logo; o impossível demora um pouco mais".

Maiara, de Vitória (ES): Curto mto a história de Anne Frank, e me comovo qdo assisto a algum filme ou leio um livro sobre as atrocidades cometidas contra os judeus. Aqueles campos de concentração me dão arrepios. E tem gente q ainda insiste em dizer q o holocausto não existiu.

De Pirata para Maiara: É, tem gente q diz também que os astronautas não chegaram à Lua e que a foto deles foi feita em estúdio, pq aparece uma sombra, e na Lua não tem sombra. Parabéns pela sensibilidade. O pior é q atrocidades continuam acontecendo no mundo todo, enqto a gente faz de conta q tá tudo numa boa.

Sexta-feira, 23 de setembro

Não é o que parece

Oi, galera, não pensei que minha opinião sobre os judeus fosse causar tanto tumulto. Fiquei até impressionado com um cara que me chamou de "judeu metido". Tão jovem e já cheio de preconceito, meu, qual é?

A Mãe de Todos costuma dizer que preconceito é como erva daninha: a gente tira e ela cresce de novo. Então precisa ficar ligado, né? Agora, quanto a ser judeu, sinto desapontá-lo, cara, mas tenho sangue árabe nas veias.

Na família, tem uma Tia de Todos que adora essa história de genealogia: pesquisar a história dos antepassados. Navega na Internet por horas, chegando inclusive a viajar para fuçar em arquivos de cartórios e igrejas. É o *hobby* dela. A Tia descobriu que a nossa família, pela parte paterna, veio de Barcelona, na Espanha, e que nossos antepassados eram os maiores fabricantes de sabre da Europa.

O que isso tem a ver com os árabes? Muita coisa, galera. A península Ibérica foi conquistada e governada por eles do século VIII ao XV. Até então a Europa vivia na Idade das Trevas, uma ignorância só. Foram os árabes que levaram de volta toda a cultura greco-romana para a Europa, traduzindo tudo para o árabe, que depois foi passado para outros idiomas.

Entre os árabes havia grandes médicos, astrônomos, matemáticos, engenheiros, químicos, metalúrgicos, que foram literalmente a salvação da Europa. Além disso, por terem muito contato com a China, trouxeram de lá a pólvora e o papel. Os chineses já eram grandes navegadores, e os árabes, provavelmente inspirados neles, introduziram na Europa a vela latina, a mesma que os descobridores da América Espanhola e do Brasil utilizariam depois em suas caravelas. Agora andam dizendo inclusive que os navegadores chineses fizeram a volta ao mundo muito antes que os europeus.

Quanto ao meu blog, tem gente reclamando que meu papo é muito cabeça. Já contei que fui criado numa livraria, mamei leite e livros ao mesmo tempo. Então escrevo bem, galera, porque leio muito... Senão fica só aquela coisa de "vamos nessa", "viajar na maionese", "cabeça de pudim", "saquei o lance", "fui", e por aí...

E tem mais: quem não lê, passa por uns apertos no trabalho. Teve um advogado que representava um dos três réus de uma causa. Quando chegou a vez de ele falar, disparou: "Como são três *réis*". Até o juiz, nosso conhecido, caiu na risada.

Outro dia também, um amigo do Pai de Todos contou que foi comprar um produto importado numa dessas bancas que ficam em corredor de *shopping* e, quando perguntou quanto custava, a vendedora, toda produzida, respondeu: "As marca é muito e os preço vareia!".

Eu mesmo já presenciei alguém pedindo numa lanchonete: "Dois *cafezes*, por favor". Até a caixa não aguentou: "Qual é, mané?".

Então, moçada, o negócio é ler bastante para não pagar mico em vestibular, na faculdade, na roda de amigos, com estranhos, namorada, e, mais tarde, quando for falar em público, defender uma tese etc. A palavra tem força, galera, vale uma espada ou um sabre.

Concordo que português é fogo. A palavra *princesa*, por exemplo, a gente começa com aquela perna do *p*, toda elegante, depois a tentação é lascar um *z*; além de som ser igual, combina mais. Eu mesmo já escorreguei na *tigela* e trombei com *cafajeste*, escrevendo a primeira com *j* e o segundo com *g*; quebrei a cabeça procurando no dicionário a palavra *regorgitar* até cair a ficha e encontrar a grafia certa: *regurgitar.* Sem falar nos tempos verbais...

O Vô de Todos sofre demais, como todo estrangeiro que vem morar no Brasil e tropeça no idioma. Vá explicar pra ele que *xale* é aquilo que mulher usa nas costas, e *chalé* é casa na montanha; que *mexerica, mixaria* e *muxoxo* se escrevem com *x*, e *chicória, chicote e chuchu* são com *ch*; e *açúcar* é com *ç*; meu, tem uma Bisa de Todos que parou no *açúcar* com dois *ss*, porque, como é muito idosa, as regras de ortografia já mudaram várias vezes desde que ela aprendeu a ler e a escrever; no tempo em que era criança, *farmácia* e *fósforo* tinham *ph*: *pharmacia* e *phosforo,* e *pai* se escrevia *pae.*

O livro de receitas dela é divertido, precisa ser traduzido; sem falar que os doces levam sempre uma dúzia de ovos: é do tempo em que quase toda casa tinha galinheiro no quintal – sacou a fartura? Agora, com essa história de ovo sem colesterol, a Bisa, que não perde uma piada, pergunta: "Será que avisaram a galinha?".

O português de Portugal então é muito diferente do usado no Brasil. Quando viajei para Portugal com minha família, alugamos um carro e fomos para várias cidades. Certa vez, numa estrada por lá, começaram a aparecer placas estranhas: "Cuidado com as *bermas*"; "Cuidado com as *bermas*". Ficou todo o mundo apavorado, achando que fosse algum tipo de animal que ia sair do mato. Até descobrir que *bermas* eram os acostamentos da estrada – brincadeira! Sem falar de outras palavras que lá são corriqueiras e que aqui são palavrões; mas vamos deixar pra lá. Com berma ou sem berma, amo Portugal. É a terra do Pedrão, nosso primeiro imperador, que curto muito, já disse. Qualquer hora volto a falar dele.

Escrito por Pirata, às 10:30

[Deixe sua mensagem]

Karina, de Aracaju (SE): Vc conhece aquela história real do brasileiro q entrou num restaurante português e perguntou à garçonete: "Posso sentar *na* mesa?". Resposta: "Aqui em Portugal, meu senhor, a gente costuma sentar *na* cadeira".

De Pirata para Karina: Q falta faz uma crase, hein?

Kalil, de Rio Branco (AC): Que bom saber q vc é "brimo". Também sou de família árabe, com mta honra. Eu nunca tinha ouvido falar sobre o domínio árabe na península Ibérica; achei dez! Pretendo ser médico. Vc reparou o que tem de nome árabe entre médicos famosos, no Brasil?

De Pirata para Kalil: Vá firme no seu sonho, "brimo", dou a maior força. Quem sabe daqui a alguns anos vc não vai ser um desses cobras em Medicina? Só espero q não cobre mto.

Sabina, de Tucuruí (PA): Desculpe a ignorância da macaca, mas o q é *sabre*?

De Pirata para Sabina: Que baixa autoestima é essa, garota? Perguntar não ofende. Sabre é um tipo de espada mais curta e de lâmina curva, fabricado e utilizado pelos mouros. Agora, Sabina, se vc quiser ficar mais sabida e descobrir quem são os mouros, vá ao dicionário ou à enciclopédia: as palavras adoram visita.

Sábado, 24 de setembro

Tem coisa que parece mentira

A gente falando em holocausto e no preconceito contra os judeus, e veja só a notícia que apareceu na mídia: em algumas cidades do país, membros de uma gangue, denominada Orgulho Branco, têm espalhado cartazes racistas, principalmente contra os negros. Chamo de gangue porque não passam disso, são todos uns ignorantes: justo no Brasil, um dos países mais miscigenados do mundo, onde mais de dois terços da população é descendente de africanos ou indígenas! Qual é! Branco mesmo só um punhadinho – a maioria da população tem um pé na selva ou na África. Aliás, o Grande Vô e a Grande Vó de Todos, da humanidade inteira, vieram lá da Grande Mãe África, há milhares de anos...

Para mim, esse "orgulho" branco deveria ser chamado de orgulho besta. E, como diz a Mãe de Todos, erva daninha a gente precisa arrancar logo, antes que faça um estrago maior. Aliás, não existe preconceito só contra negros e índios, mas contra nordestinos, mulheres, homossexuais, e por aí vai...

Mas, voltando às dificuldades da língua portuguesa, outro dia li uma piadinha que preciso contar: A professora pede para um aluno: "Diga um verbo, Joãozinho". Resposta: *Bicicreta*. A professora: "É *bicicleta*, Joãozinho, e *bicicleta* não é verbo, é substantivo". A professora então pede para uma aluna: "Mariazinha, fale um verbo". Resposta: *Pedar*. A professora: "É *pedal*, Mariazinha, e *pedal* também não é verbo, é substantivo". Já meio desanimada, a professora pede para um terceiro aluno: "Zezinho, diga um verbo". Resposta: *Hospedar*. A professora anima-se: "Muito bem! Agora faça uma frase com esse verbo". Zezinho pensa e diz: "Os *pedar* da *bicicreta* é amarelo".

Além de ser complicada, a língua portuguesa ainda dá margem a esse tipo de brincadeira. Tem outra bem conhecida, ótima, que também quero contar, não resisto: Um político foi a uma cidade do interior e começou a olhar os nomes das lojas, todos escritos com erros gramaticais. Até que viu uma tabuleta com grandes letras que dizia: Águia de Ouro. Entusiasmado, resolveu dar um prêmio ao dono da loja. No palanque de seu comício, em praça pública, o político chamou o sujeito para lhe entregar um cheque e elogiar seu conhecimento do idioma. O homem, no entanto, interrompeu o político e disse: "Desculpe, moço, mas aquela placa tá errada; o cara que fez não sabe de nada. Eu sou alfaiate e o nome da minha loja, na verdade, é *Agúia* de Ouro".

Minha professora de língua portuguesa explicou que, na época da colonização do Brasil, quando os índios tomaram contato com a nossa língua, não conseguiam pronunciar certos grupos de palavras, como o *lh* e *nh*, que, por isso, foram substituídos por vogais. Essa língua, que existe até hoje no interior do país, chama-se nheengatu, e nela certas palavras, como *filho*, *milho*, *olho*, *palha*, *velho*, *telha*, *colher*, *filhinho*, são pronunciadas como *fio*, *mio*, *oio*, *paia*, *véio*, *teia*, *coié*, *fiinho*. Por isso, *agúia*, em vez de *agulha*, na piada, percebeu?

E vejam só a história verdadeira, que foi contada à Vó de Todos por um funcionário do MEC que distribuía livros didáticos no interior do Nordeste. A certa altura, chegou uma senhora para pedir um livro para a neta. O rapaz quis saber quem era o autor. A senhora colocou a mão sobre a boca e começou a rir. O rapaz, intrigado, insistiu: "Por que a senhora está rindo? Eu só quero saber quem é o autor". Daí a senhora respondeu: "Sabe, meu filho, quando alguém por aqui seduz uma moça, a primeira pergunta que a gente faz é: *Quem é o autor?*".

A Vó de Todos, que ouviu essa história do próprio funcionário, diz que isso tem lá sua lógica, já que todo escritor tem mesmo de seduzir seus leitores, de preferência desde a primeira página do livro, para que ninguém consiga parar de ler até chegar ao final. Mais ou menos como gancho de novela, que leva todo o mundo a sempre ver os capítulos seguintes, e que também é feita por um escritor, assim como as peças de teatro, os roteiros de filmes etc.

E escritor às vezes passa cada apuro! Tem uma escritora, amiga da Mãe de Todos, que viaja muito fazendo palestras pelo interior. Um dia, como na cidade em que estava não havia hotel, ela foi convidada a se hospedar na casa da secretária de Cultura, que ficava numa chácara muito bonita. O marido da secretária, porém, andava meio esquecido; não lembrou que haveria hóspede na casa e, antes que as duas voltassem da palestra, soltou a cachorrada...

Quando o carro da dona da chácara parou em frente da porta de entrada, os cachorros avançaram, latindo como loucos, porque estranharam o cheiro da convidada.

A dona, então, pediu que a escritora esperasse um pouco dentro do carro, enquanto ela entrava na casa; a outra, sem escolha, encolheu-se, aterrorizada pelas bocas dentuças dos *dobermann* e *rottweiler* histéricos. A secretária voltou logo com um cobertor (com o cheiro da família) para que a visitante, envolvida nele, feito uma burca tropical, pudesse entrar na casa. Mas o calvário da hóspede ainda não havia terminado: a porta de seu quarto não tinha chave, e ela jamais conseguiria dormir, com medo de virar ração de cachorro. Por isso, apesar de ser baixinha, arrastou um armário enorme e pesadíssimo que havia no quarto, bloqueando a porta, para assim se sentir segura e dormir. O pavor dá uma força! No dia seguinte, só saiu do quarto depois de ter certeza absoluta que a cachorrada estava presa no canil. E jurou que, dali em diante, só ficaria em hotel, mesmo que fosse daqueles do tempo do Império, com piso de madeira que estala e dá direito até a fantasma. Artista sofre!

Escrito por Pirata, às 16:15

[Deixe sua mensagem]

Raimunda, de São Luís (MA): Se a escritora, amiga da sua mãe, quiser conhecer casarões antigos, aqui tem um mais lindo do q o outro. E diz pra ela q não é só cachorro gde que mete medo: tem *poodle toy* que é uma fera.

De Pirata para Raimunda: Concordo; vc já enfrentou um *pinscher* miniatura? Dizem q os grandes perfumes e os gdes venenos vêm em frascos pequenos.

Valéria, de Tatuí (SP): Por aqui se fala: *barsa, carça, sarsa.* Será q todo mundo é índio?

De Pirata para Valéria: Vai ver que é pq mala tem *arça.*

Sandra, de São Paulo (SP): Existe uma lei que obriga os donos de cachorros de determinadas raças, como *pitbull, rottweiler* etc., a colocarem focinheiras nos animais, além de guias e enforcadores, quando andam em vias públicas e parques. Muitos donos não obedecem às leis, e volta e meia pessoas são atacadas e até mortas por esses cachorros. O q será q passa na cabeça desses caras qdo dizem q os cães são dóceis e não fazem mal a ninguém?

De Pirata para Sandra: Fazer o que, né? Muitas tragédias poderiam ser evitadas se as pessoas tivessem mais responsabilidade. Um animal pode ser dócil em casa e seguir o instinto qdo em contato com estranhos. Se a lei existe é pra ser cumprida, concorda? Isso é q é cidadania.

Segunda-feira, 26 de setembro

Irmãos: ter ou não ter?

Esta é para você, que é filho único. Sabe que, às vezes, eu invejo você? Até gostaria de fazer uma proposta: você passa uma semana aqui no lar doce lar, enquanto me instalo no seu ninho esplêndido.

Eu já disse que sou aquele que chegou com todas as honras, *sacomé*, o primeiro filho, o primeiro neto, essas paradas de campeão, não disse? Tinha até uma das avós que, uma vez por semana, trazia para mim uma bandeja de panquecas de carne com molho de tomate, só porque eu adoro; sacou o lance?

No meu primeiro aniversário, pelo que contam, teve festa em bufê, convite para a família e os amigos, balões coloridos, parabéns a você e presentes mil para o Pirata aqui, o rei da caverna onde eu vivia...

Reinei absoluto e total, por um tempo... Até que, num golpe de Estado, fui deposto pela Gata Tinhosa e depois pelo Urso. E, com o novo casamento da Mãe, foi chegando cada vez mais gente, até a tribo ficar completa, quer dizer, não sei até quando. Sabe-se lá se, depois da BEBÊ, ainda virão outros...

Claro que quem foi rei, como diz minha tia, nunca perde a majestade: para muita gente da família, continuo Pirata, o Grande, e ainda bem, que o meu destino podia ser pior.

Agora, duro mesmo é aguentar a criançada – nem tanto as garotas, que se entendem lá do jeito delas, ou a BEBÊ, que ainda não conta nesse quesito. Eu me refiro mesmo é ao Urso e aos Digo-Digo, os gêmeos, que deviam se chamar pestinhas, porque é isso que eles são.

Vou dar um resumo dos Digo-Digo, assim a galera sente a barra: quando eles nasceram, tascaram as pulseirinhas, lá na maternidade, e todo o mundo acreditou que sabia distinguir quem era um e quem era o outro. Daí foram registrados no cartório, pelo pai, com nomes diferentes, é claro.

Porém, quando chegaram em casa, a coisa mudou de figura, porque os bebês não tinham mais as pulseirinhas identificadoras e eram, como são até agora, *absolutamente iguais*!

Não dava, nem dá até hoje, mas nem com lupa, para dizer quem é quem. Às vezes, penso que nem eles têm certeza, porque um começa uma frase e o outro termina, um olha e até parece que sabe o que o outro está pensando – brincadeira!

O professor de Biologia explicou outro dia que os gêmeos idênticos ou univitelinos são clones naturais. Tanto é verdade que, se for feito um teste de paternidade de uma criança cujo pai tem um irmão gêmeo idêntico, ao conferir o DNA, ambos – pai e tio – aparecerão como pais biológicos; isso também vale para mãe e tia, gêmeas idênticas. Não é um barato?

E sabe aquela história de dar duas vezes de mamar para um dos gêmeos, enquanto o outro berra de fome? É verdadeira.

Vale também para trocar fraldas duas vezes de um deles, enquanto o outro fica molhado. Com os Digo-Digo, a confusão só foi descoberta quando um começou a engordar, e o outro a emagrecer; um todo rosadinho, e o outro com uma baita assadura. Então a solução foi amarrar uma fita no braço de um deles, que ficou sendo o número um; o sem fita era o número dois, e, pronto, resolvida a terrível questão.

Só que os gêmeos cresceram... E aprenderam a tirar a fita; melhor ainda, a trocar a fita. Então ninguém mais ficou sabendo exatamente quem era quem. Pode até parecer brincadeira, mas agora é na base da adivinhação. E eles, no maior sadismo, se divertem com a confusão que aprontam.

Aliás, aprontam sempre, e não só na caverna. Na escola, trocam de sala de aula, fazem prova um no lugar do outro, enfim, enlouquecem os professores. Os pais já perderam a conta de quantas vezes foram chamados à diretoria por causa do comportamento dos gêmeos. E eles só se divertindo...

O pior de tudo é que não largam do meu pé, querem me imitar em tudo. Como já faço barba, eles cismaram que precisam fazer igual: quase arrancam a pele do próprio rosto, tentando tirar pelos inexistentes. Sem falar que usam minha pasta de dente, pegam os meus CDs e DVDs, invadem meu MSN, conversam com meus amigos e até assinam por mim...

O fato de eles me acharem o máximo até que é bom, para levantar o astral. Quem não gosta de ser super-herói, ainda que seja de uma dupla de pestinhas? Mas tem hora que eles vão longe demais...

Imaginem que, justo no dia em que estavam doidinhos para ir a uma festinha na casa de um colega, ficaram de castigo porque haviam aprontado muito. Quando o Pai de Todos foi dar uma olhada no quarto, um deles estava acordado e disse que o outro dormia. O pai acreditou, mas, lá pelas tantas, ouviu um barulho estranho e, quando foi conferir, deu com o Digo-Digo, que supostamente estaria dormindo, entrando pela janela, enquanto o outro se preparava para sair e curtir o resto da festa. Levaram uma bronca daquelas, mas merecida, pô. Afinal, puseram a família em perigo, dando a maior moleza para o primeiro ladrão que visse a janela aberta.

E o Urso então? Esse, quando contrariado, faz bico, enche os olhos de lágrimas e corre para se queixar com a mamãezinha... É tão sensível que até parece a Bela Adormecida, que a gente precisa despertar com um beijo. A Mãe de Todos reclama quando me queixo do Urso. Diz que devo ter paciência, pois qualquer coisa ofende a criatura. Sai de perto.

Eu, e quem mais, não é?, fui obrigado a dividir minha toca justamente com o Urso. E aguentar quando ele arrota alto, enquanto eu falo no celular, além de ele ser o maior dedo-duro que conheço: qualquer coisa que ouve, corre para contar, o baba-ovo. Filho mais velho é um sofredor...

Escrito por Pirata, às 13:30

[Deixe sua mensagem]

Sâmia, de Belém (PA): Vc reclama de barriga cheia: tenho onze irmãos q me apoquentam o tpo inteiro. Como sou a mais velha, em vez de sair pra me divertir numa balada, virei babá da turma. Eles até me chamam de mãe. Sentiu o drama?

De Pirata para Sâmia: Olha, p q vc não forma um time de futebol com a molecada? Eles se cansam, dormem cedo, e daí vc sai pra balada. Agora, eles chamarem vc de mãe já é demais. Já imaginou se alguém acredita?

Terça-feira, 27 de setembro

Fofocas da caverna

A cada quinze dias, a caverna esvazia: eu, o Urso e a Gata Tinhosa vamos para um lado; a Gata Manhosa e os Digo-Digo, para outro. Com a folga das funcionárias, ficam na caverna só os Maiorais e a BEBÊ. Então a Vó de Todos diz assim à filha: "Deixe a boneca comigo e vá namorar um pouco o seu marido".

A Mãe de Todos agradece muito, nem tanto por poder sair de casa à noite, pegar um cinema, jantar fora, mas, principalmente, por ter uma noite bem-dormida, porque, quando a BEBÊ está na caverna, é aquela história que já contei de dorme-acorda-dorme-acorda, e a Mãe vive com o sono atrasado, parece um zumbi.

Aliás, ela já teve uma experiência dessas com a Gata Tinhosa, que passou um ano e meio trocando o dia pela noite: batia a meia-noite, ela acordava, toda agitada, querendo brincar. Gritava tanto quando era colocada no berço, que eu implorava para tirar a garota do meu quarto.

Um ano e meio depois, a família estava passando férias na praia, uma noite a Gata Tinhosa deitou no tapete, feito um cachorrinho, e apagou. A Mãe de Todos então avisou, feito general em campo de batalha: "Quem tirar do chão, vai se ver comigo".

Na casa da Vó e do Vô de Todos, a BEBÊ é tratada como rainha; aliás, o Vô anda pelo apartamento com ela no colo, cantando "Deus salve a Rainha", hino nacional da terra dele. Para não ficar atrás, a Vó canta a "Marselhesa", o hino nacional da França. Desse jeito, a BEBÊ também vai ficar trilíngue; juntando ainda com as óperas em italiano que ela ouve com o Pai de Todos, já dá uma baita ajuda na carreira de prima-dona, não é mesmo?

A Vó de Todos não tinge os cabelos e tem uma vasta cabeleira branca, coisa da família dela, que não produz muita melanina; com quinze anos o pessoal já começa a encontrar os primeiros fios de cabelo branco. O Vô de Todos é o contrário: não tem cabelo branco nem a pau. Ele nem aparenta a idade que tem. Como é aposentado, usa direto *training* e tênis, faz muita ginástica e é todo sarado.

Outro dia, a Vó brincou com a caixa de um supermercado: "Perdi meu marido, alguém o viu por aí?". Uma senhora ao lado, querendo ser engraçadinha, apontou um senhor de cabelos brancos, bem idoso, preenchendo um cheque no balcão, e disse: "Aquele te pertence?". Nessa hora, chegava o Vô: roupa esporte, parecendo bem mais jovem do que realmente é, um tiozão de novela das oito. A Vó apontou, gloriosa: "Não; *aquele* me pertence". A outra "limitou-se à sua insignificância", como diz a Madrinha, e tratou de sair de fininho.

Falando em Madrinha, com ela aconteceu uma coisa ainda mais engraçada. Foi a uma loja no *shopping*, junto com o Pai de Todos, pois ele queria uma pasta de presente de aniversário. Ela insistiu muito para comprar uma de couro, bem mais cara, até ele aceitar. A Madrinha curte muito o filho, é uma agarração, fica assim dando beijos, passando a mão na barba... Quando ela foi pagar a pasta, ouviu uma gargalhada do Pai de Todos, que ficara conversando com a vendedora, mas não tinha sacado o lance.

Quando saíram da loja, ele disse: "Se eu fosse você, comprava um presente pra moça". Ela, surpresa, quis saber por quê. Ele explicou que, enquanto ela estava pagando a pasta, a vendedora falou: "Deixe de bobagem, garotão, aceite na boa os presentes que a coroa quer dar pra você. Ela está apaixonada, vai nessa".

A Madrinha, deliciada com a história, quis saber o que ele respondeu: "Eu disse que era seu filho, mas a vendedora fez cara de quem não acreditou na história e ainda falou que não era para eu me envergonhar, pois elas já estavam acostumadas a atender coroas que davam banho de loja nos gatinhos".

Imagine só o bem que isso fez para o ego da Madrinha. Ela chegou em casa sorrindo com todos os dentes, ainda mais que tinha feito um implante dentário caríssimo, que a deixou com um belo sorriso.

Com o Pai de Todos já aconteceu algo mais ou menos igual. Ele também é conservado e muito carinhoso com a Gata Manhosa: anda de mãos dadas com ela, é um chamego só. Outro dia, eles tomaram um táxi, e o motorista olhava que olhava pelo espelho retrovisor, até que não aguentou e perguntou: "Desculpe, mas ela é sua filha ou sua namorada?".

O Pai de Todos respondeu rindo: "O que o senhor acha?". E o outro completou: "Eu não acho nada, companheiro, tem passageiro que entra aqui e eu penso que está com a filha, até com a neta, e no fim é mulher dele; então, melhor perguntar antes de falar besteira".

"Sinal dos tempos", como diz a Bisa de Todos. Mas acho que ela esqueceu que, no tempo dela, quando os pais escolhiam os maridos para as filhas, os homens também casavam com mulheres bem mais novas. Ela mesma, há muito tempo, foi apresentada ao noivo (muitos anos mais velho), que ela nunca tinha visto na vida, e com o qual casaria no mês seguinte. E não é que deu certo? Completaram bodas de ouro numa boa.

Agora, todo o mundo escolhe o parceiro, e o casamento às vezes dura uma merreca. Vá entender. A Vó de Todos diz que é porque, hoje em dia, as mulheres são independentes, têm vida e salários próprios, e não aguentam mais, caladas, o que sofriam no passado. Já a Madrinha diz que as mulheres conquistaram o sagrado direito de trabalhar dobrado e dão muita folga para os homens; atualmente é o cara quem pergunta se a mulher tem bom emprego, casa própria ou, se for viúva, quanto recebe de pensão...

Escrito por Pirata, às 19:45

[Deixe sua mensagem]

Santinha, de Palmas (TO): Falando sério, minha avó, que tem sessenta anos, resolveu casar com um homem vinte anos mais novo. A família está toda apavorada com a ideia. Ela não é rica, mas tem uma pensão do falecido marido, q não era meu avô, e sim o segdo marido dela. O q vc acha? Pode mesmo ser amor?

De Pirata para Santinha: Falando sério: até pode ser, Santinha. Deixe a sua vó curtir o terceiro marido; se ela não é santa e gosta de casar, p q não? Afinal ela já é maior de idade e a pensão é dela. Ou tem mais gente de olho no dinheiro?

Miro, de Goiânia (GO): P q diacho sua vó canta a "Marselhesa" e seu vô canta "Deus salve a Rainha" pra BEBÊ? Não sei lá mta coisa, mas sei q são os hinos da França e do Reino Unido. Se eles estão no Brasil há tto tempo e são até naturalizados, não seria mais natural q cantassem o Hino Nacional? Traição, pô!

De Pirata para Miro: Q radicalismo é esse? Miragem de infância, cara. Acho q a BEBÊ desperta alguma saudade da terra natal. Mas fique vc sabendo q eles gostam mais do Brasil do q mto brasileiro nato, q vive pichando a pátria nem tão amada e idolatrada assim. Não é só durante a Copa do Mundo q a gente deve mostrar patriotismo, tá ligado?

Eduarda, de Cascaes (Portugal): Você elogia muito minha querida terra natal. Também adoro o Brasil, que algum dia pretendo conhecer. Moro numa quinta, bem em frente ao oceano, onde ele se encontra com o rio Tejo. Se você, como disse, já esteve em Portugal, deve ter visto esta paisagem magnífica. Esclareça-me uma dúvida: Por que os brasileiros gostam tanto de contar piadas de portugueses?

De Pirata para Eduarda: Porque os portugueses também gostam muito de contar piadas sobre brasileiros. Afinal somos povos irmãos. Claro que vi essa paisagem inesquecível do encontro do oceano com o Tejo! Foi numa segunda-feira; depois, fui ao palácio de Queluz, doido para visitar o lugar onde nasceu e morreu D. Pedro I. Esqueci que era feriado em Portugal, o palácio estava fechado: fiquei rondando em torno dele, como cão vadio. Voltarei numa terça-feira, com certeza. Beijos na boa terrinha. Ai que saudade dos doces portugueses!

Quarta-feira, 28 de setembro

Ordem na caverna

Quinta-feira é dia de faxina na caverna, e a Mãe de Todos já avisa na véspera. Aí começa o caos. Cada toca por aqui abriga dois moradores. A minha, como já disse, divido com o Urso. Acontece que ele, na verdade, devia ter nome de Furão, porque recolhe tudo o que encontra. Lembra os gatinhos que ele salvou da enxurrada? Vão bem, obrigado, e agora respondem pelos nomes de Mi, Mia e Miau. Os três detestam muro e acatam ordens. Por causa da mãe adotiva, "pensam" que são cachorros.

Confesso que sou o maior bagunceiro; acho que puxei a Mãe de Todos. Volta e meia sai briga entre ela e o marido, que é o rei da ordem. Para se ter uma ideia, se alguém mexer em alguma coisa dele, ele descobre na hora, mesmo que a pessoa tenha colocado tudo em seu exato lugar. Briga até por toco de lápis e teco de borracha. Quando o Pai de Todos começa a lenga-lenga sobre ordem, a Mãe de Todos vai com tudo: "Quer ordem absoluta, amor, sugiro que você vá morar num museu. Casa com sete crianças não dá pra fazer milagre e, que eu saiba, ainda não virei santa". (Ela que pensa.)

Costumo ter fome de madrugada; daí ataco a geladeira. Às vezes, por milagre, o Urso também acorda e a gente faz piquenique. Então, na hora de dar um jeito na toca, vai aparecendo de tudo: pedaço de *pizza*, pipoca de micro-ondas, sorvete, pacote aberto de bolacha, e por aí vai.

Na toca que a Gata Manhosa divide com a Gata Tinhosa, também tem problema porque a primeira é a rainha da ordem, igual ao pai, e a outra é bagunceira, como o Pirata aqui. Já viu o auê, né? A GM encapa todos os cadernos com plástico azul, seus CDs são todos organizados; a GT perde tudo, desde os óculos até o aparelho dos dentes, que ela costuma esquecer em algum banheiro e nem lembra. A droga é que a coisa custa caro; ela já foi avisada: o próximo aparelho que perder, paciência, não vai ter outro até aprender a ser mais cuidadosa.

Os Digo-Digo são um problema, porque têm um ciúme mortal da toca deles; ai de quem entrar sem pedir licença. Aliás, quando eles saem, trancam a porta. Daí sobra para as funcionárias, que não podem fazer a faxina e ainda precisam se explicar com a Mãe de Todos. Resultado: ninguém sabe o que rola lá dentro. Parecem ETs, e ainda por cima clonados.

Outro lugar que dá confusão é banheiro. Tem o banheiro dos meninos e o das meninas. A GM briga com a GT porque esta aperta o tubo da pasta de dentes no meio, enquanto ela gosta de apertar de-va-ga-ri-nho desde a base. Até pela posição do papel higiênico sai briga. Os Digo-Digo quase se pegam de tapa com o Urso, porque este assoa o nariz dentro da pia e, por pura preguiça, esquece de puxar a descarga, o que é uma nojeira mesmo, concordo. Ele leva broncas homéricas, mas está na idade do Cascão: entra no chuveiro e sai de cabelo seco – pode?

Então, galera, véspera de faxina é aquele drama. Às vezes até escapo da caverna e vou para a livraria da Vó de Todos "arejar as ideias", como ela costuma dizer. Minha única mania, além de piquenique de madrugada, é usar duas meias no pé esquerdo, sei lá por quê. Isso, claro, enlouquece as duas santas, a Sete Chaves e a Sonhadora, que ficam caçando os pares antes de guardar na gaveta do armário do meu quarto, que também vive bagunçada. Tem de tudo lá dentro, parece caverna do Aladim.

Agora, o problema grave aqui na caverna tem sido o TDI (Transtorno de Dependência da Internet; nome pomposo, né?), que ataca principalmente os Digo-Digo, simplesmente viciados em computador. Por eles, ficariam o dia todo navegando. Esquecem da vida e até de fazer a lição de casa, e aí dá-lhes bilhetinhos dos professores; sem falar que acabam engordando, por estarem muito sedentários. A Mãe de Todos já avisou: se passarem do limite, proíbe o uso do computador, porque já estão até mudando de personalidade de tanto usar *nickname*. Eles recorreram ao Pai de Todos, que nem chiou; então, a situação dos gêmeos se complicou. Para eles, a Mãe de Todos deve ser mesmo uma madrasta, ainda que bem-intencionada.

Por falar no assunto, outra briga que rola na caverna é por causa da gelatina. É mole? O problema é que a Gata Manhosa tem propensão a engordar, então só come coisa *light*. O Pai de Todos reclama que os fabricantes tiram tudo, gordura, açúcar, por isso devia custar mais barato, e não mais caro. A Gata Tinhosa é justamente o contrário: puxou a Mãe e a Vó de Todos, que são altas e magras. As funcionárias fazem dois tipos de gelatina, a normal e a *light*, e colocam em tigelas diferentes; mas, com todo o trabalho da caverna, as coitadas às vezes trocam as bolas, ops, as tigelas, e então a GT come a gelatina da GM. Sentiu o drama? Briga por gelatina, só mesmo nesta caverna maluca.

A Mãe de Todos diz que a sorte dela é que trabalha fora o dia inteiro, caso contrário, ficaria louca de pedra. O Urso quis saber o que era louca de pedra, e ela nem respondeu, abanando a mão no ar, que, no jargão aqui da caverna, significa: "não enche".

Outro dia, um colega da escola veio passar o dia aqui e nem queria ir embora. Ele é filho único, disse que se divertiu muito, a caverna parecia um circo. Será que foi elogio ou avacalhação?

Escrito por Pirata, às 20:15

[Deixe sua mensagem]

Mauro, de Teresina (PI): Vc precisa é ver a minha toca: a mãe dá umas incertas e joga tudo no lixo. Vc acha q mãe tem direito de invadir a privacidade da gente?

De Pirata para Mauro: Privacidade é coisa séria. Agora, se a sua toca é o q parece, a sua mãe até pode ter razão. Mãe tem poder.

Teresa, de Sinop (MT): Tenho uma colega de escola q parou de comer; engana a mãe, dizendo q come no quarto, mas joga a comida no lixo. Parou tb de menstruar, o cabelo tá caindo, e outro dia desmaiou na aula de ginástica. Tento convencê-la a pedir ajuda, mas ela não me ouve. Morro de vontade de contar pra família dela, antes q o pior aconteça, mas não quero passar por dedo-duro e perder a amizade. O q faço?

De Pirata para Teresa: Tvez a solução seja alertar a direção da escola, q entraria em contato com a família; assim, a coisa não ficará tão chata pro seu lado. De qquer forma, na minha opinião, vc deve tomar uma atitude. Já imaginou se a coisa piora e a garota precisa ser internada? Muitas anoréxicas, mesmo algumas q se tratam, morrem. Melhor ser chamada de dedo-duro do q se roer de culpa depois. Tente dar uma força e boa sorte!

Quinta-feira, 29 de setembro

A caverna vira enfermaria

Começou com a BEBÊ espirrando, o nariz pingando feito torneira quebrada. Como ela passa de colo em colo (a Mãe de Todos teve quatro meses de licença, mas, quando acabou, a BEBÊ ficou por nossa conta e risco), também passou o resfriado para a turma toda da caverna. Já viu que loucura, né?

Outro dia, a gente assistiu, na TV a cabo, a um filme antigo, chamado *Papai Batuta*, que conta a história de um casal com doze filhos. Quando todos adoeciam, de coqueluche, por exemplo (naquele tempo não havia vacina), o médico da família dizia que aquilo já era uma verdadeira epidemia e precisava fechar as escolas da cidade.

Aqui na caverna é praticamente igual: um pega gripe, os outros seguem em fila. A coisa desta vez ficou tão dramática, que foi preciso apelar para a Vó de Todos, que deixou a livraria a cargo dos funcionários e veio, de enfermeira chefe, botar ordem no acampamento, digo, na caverna.

Engraçado, acho que o Pai de Todos é o único genro que adora quando a sogra baixa no pedaço, e isso por um bom motivo: ela é organizadÍSSIMA; bota ordem na tropa feito general. Quem não "apreceia" muito são as funcionárias; acostumadas com a Mãe de Todos o dia inteiro fora de casa, elas têm o hábito de fazer as coisas como dá na cabeça delas.

Só falta o apito, porque a Vó de Todos já chega dando ordens: ferver as mamadeiras e a água, cozinhar a sopa da BEBÊ, descongelar os ingredientes para o almoço, lavar e passar todas as roupas, limpar os banheiros, e assim por diante. As duas santas ficam como baratas tontas tentando cumprir todas as ordens. Elas até apelidaram a Vó de Todos de Sargentona e ameaçaram pedir demissão, o que deixou a Mãe de Todos desesperada. Por sorte, os ânimos se acalmaram.

Outra mania da Vó de Todos é abrir tudo que é janela, não sobra uma; diz que é para "o ar circular". O problema é que o Pai de Todos (entre outras manias) gosta de tudo fechado. De vez em quando quebra o pau, porque a Mãe de Todos é calorenta e abafada, igual à mãe dela. O Pai de Todos então diz que ela devia arrancar as paredes para não sentir calor ou então ir morar ao ar livre.

O incrível é que, embora briguem tanto, parecem se amar de verdade. Dizem que casal que briga não se separa, porque bota tudo para fora, não deixando assim a raiva esfriar e congelar. Rancor congelado não tem remédio: quando explode, é tipo vulcão que parecia extinto – sai de perto!

Tinha um casal, amigo da gente, que, quando vinha de visita, dava até aflição: era "doçura" pra cá, "amoreco" pra lá, uma agarração; até a água eles bebiam no mesmo copo, o que, cá pra nós, também acho uma nojeira. Durou pouco o casório, a gente até assustou quando soube que eles tinham se separado. Acho que foi melado demais: azedou.

A Madrinha, muito objetiva como sempre, tem outra tese:

acha que casamento é feito loteria, ou seja, a pessoa tanto pode ganhar quanto perder. Às vezes, durante o namoro e o noivado, a coisa parece tão perfeita... Só quando as escovas de dente se juntam é que as diferenças começam a aparecer, e aí o bicho pega. Então chega a hora de partir para outra experiência.

A Madrinha acha que, mesmo para os filhos, isso é o melhor; pais brigando o tempo inteiro pode causar traumas nas crianças.

No meu colégio, muitos colegas têm pais separados; a maioria leva a coisa numa boa. Um deles até se gaba: a família está tão ampliada que, em aniversário, Dia da Criança e Natal, acaba ganhando um monte de presente. Espertinho o cara. Segundo ele, não adianta nadar contra a corrente; o negócio é tirar proveito dela.

Outra coisa também curiosa é o relacionamento entre os meninos e meninas e os padrastos e madrastas. Aí até que a Madrinha tem razão: é questão de sorte. Tem madrasta e padrasto que deviam se chamar "boadrasta" ou "bodrasto", de tão legais; em compensação, há outros que merecem o nome – deixa pra lá. Como também tem pai e mãe que não são essas maravilhas. "Tem de tudo neste mundão de Deus", como diz a Sonhadora.

Aqui em casa, com esse batalhão de garotos, tem hora que acontecem chuvas e trovoadas; é normal. O maior problema é que somos a maior (inevitável a brincadeira) família que eu conheço, e o Pai e a Mãe de Todos não são ricos; a gente estuda num bom colégio (menos a BEBÊ, é claro), e a escola dá desconto nas mensalidades. Mas, aqui na caverna, tudo é controlado, não tem essa história de roupa e tênis de marca, presentes a toda hora, como acontece com filho único ou filhinho de papai.

Então às vezes rola assim certa revolta, principalmente da Gata Tinhosa e da Gata Manhosa, que são muito vaidosas e gostariam de estar sempre mais produzidas. Os garotos, porém, já se conformaram: um herda a roupa do outro, quando o mais velho cresce ou engorda. Sorte minha, que sou o PRIMOgênito, e da BEBÊ, que ganhou um guarda-roupa novinho em folha, fora os presentes que recebeu da família, encantada com seu nascimento. Ela merece: quando me olha, com aqueles olhos azuis que parecem bolas de gude ou estrelas, eu me derreto feito manteiga no pão quente.

Escrito por Pirata, às 14:45

[Deixe sua mensagem]

Rodolfo, de Maceió (AL): Meus avós fizeram cinquenta anos de casados e parecem namorados até hoje. Minha mãe separou do meu pai qdo eu ainda era um bebê. Tenho colegas q nem conhecem o pai; outros q o pai deu no pé. Tá chegando um tempo, se já não chegou, q ter pai e mãe vivendo juntos vai ser raridade.

De Pirata para Rodolfo: Ainda tem mto pai e mãe q vivem juntos. Agora, se é pra ficar junto brigando, não vale a pena, certo? Melhor tentar ser feliz com outro amor. A sua mãe deve ter tido bons motivos, né não? Quem sabe vc não ganha um "bodrasto"? Pai e mãe não são apenas aqueles q dão a vida, mas quem cria os filhos, biológicos ou não, com mto amor e carinho.

Lino, de Aracaju (SE): Gostar de sogra dentro de casa? Fala sério, cara.

De Pirata para Lino: Milagres acontecem.

Dandara, de Feira de Santana (BA): Meu noivo, por quem sou apaixonada, é filho único. Minha sogra é conhecida por tratar mal todas as ex-namoradas do filho, q acabaram desistindo. O q faço? Desisto tb ou sofro calada a vida inteira?

De Pirata para Dandara: Sogra danada da peste, hein? Quem sabe se você a chamar de mainha, ela trate vc melhor. Agora, sofrer calada, p q? Se o noivo vale a pena, rode a baiana e enfrente a fera!

Sexta-feira, 30 de setembro

Raios e tempestades

Hoje devia ser considerado o dia das bruxas aqui em casa. Foi como um *Halloween* para ninguém botar defeito. O Pai de Todos tinha acordado com a macaca ou com o ovo virado, como dizem por aí. No fim do dia, entrou de supetão no meu quarto e disse: "Não sei como você consegue viver neste chiqueiro!".

Apesar de surpreso, respondi no mesmo tom: "O quarto é meu e eu faço nele o que quiser".

Mas o homem estava atacado e continuou com tudo: "Na *minha* casa, as pessoas fazem o que *eu* quero. Trate de arrumar essa bagunça *agora*, senão jogo tudo fora".

Em geral, sou um cara calmo, mas a prepotência do sujeito fez meu sangue árabe ferver nas veias. Então, fui com tudo também: "Nas minhas coisas, você não mexe".

Ele deu aquele sorriso de poder que eu de-tes-to e falou: "Os incomodados que se mudem".

Sem pensar muito, eu disse: "Por isso, não. Arrumo as minhas coisas agora e vou para a casa do *meu* pai".

Já saindo do quarto, ele disse: "Você é que sabe".

Furioso, comecei a arrumar minhas coisas para ir embora. Não ia ficar nem mais um dia naquela casa, onde não era bem-vindo. Aliás, várias vezes o meu pai já tinha me convidado para morar com ele.

O Urso, que estava no quarto e ficara mudo de espanto com a cena, correu para contar tudo à Mãe de Todos, que chegava cansadíssima do trabalho justamente naquela hora. Ela entrou meio pálida no quarto a tempo de me ver enchendo a mochila com as coisas mais necessárias. Depois eu voltaria para buscar o resto. "O que você pensa que está fazendo?", ela perguntou.

Fiquei com pena da Mãe, mas não desisti e encarei: "Vou embora desta casa. Não aguento mais a prepotência deste nazista com quem você casou".

A Mãe sentou ao meu lado, segurou as minhas mãos: "Não faça isso comigo, filho. Eu não vivo sem você. Se você for embora, também vou ser obrigada a tomar uma atitude".

Pois não é que o marido ouviu a conversa e ainda teve a petulância de entrar no quarto e perguntar: "Que atitude você vai tomar, posso saber?".

Ela levantou decidida, com aquele olhar que eu conheço bem e que quer dizer "não duvide, que eu faço", e falou: "Muito simples. Se o meu filho sair desta casa, saio com *todos os meus filhos*. Daí você vai poder morar num museu, com tudo trancado e no lugar; não é assim que você gosta de viver?".

O Pai de Todos levou um susto. Eu podia até ver o gogó dele se mexendo; deve ter contado até trinta, porque respirou fundo e depois falou: "Não acredito que você tome uma atitude de adolescente dessas".

A Mãe encarou: "Eu, adolescente? E você, como define sua atitude? Por que, ao menos para variar, não implica com os *seus* filhos? Com os gêmeos, por exemplo, que trancam a porta do quarto e nem deixam as funcionárias limpar. Deve ter até jacaré nadando na banheira".

O Pai de Todos puxou a Mãe pelo braço e foram continuar a discussão na sala. Eu continuei enchendo a mochila, por via das dúvidas. O sururu chamou a atenção das funcionárias, que ficaram espiando de longe, curiosas. E, à medida que as vozes se acaloravam, foram saindo dos quartos a Gata Manhosa, a Gata Tinhosa e até os Digo-Digo.

Foi então que a BEBÊ, que dormia no berço, acordou aos berros, assustada. Foi como se soasse um gongo de advertência: de repente, a discussão parou e houve assim um silêncio esquisito...

Então a Mãe de Todos correu para o quarto, o marido foi atrás, e logo o choro da BEBÊ também parou, porque decerto a pegaram no colo, o que ela adora.

Eu fiquei aguardando para ver se ia sozinho ou acompanhado para a casa do meu pai. Mais tarde, a Mãe apareceu no meu quarto e pediu que eu desse um tempo porque o meu padrasto estava arrependido, fora um dia muito estressante para ele, logo pediria desculpas etc.

Ele não pediu desculpas, e eu fiquei por aqui mesmo por amor à Mãe e para não causar muito transtorno; meus irmãos teriam que mudar novamente de casa, e isso não seria nada bom. E depois, se fosse morar com meu pai, quem garante que também não estranharia a "boadrasta"? De longe tudo é perfeito, mas morando junto vá lá saber...

Escrito por Pirata, às 11:45

[Deixe sua mensagem]

Cledisnéia, de Pitangueiras (SP): Vc não sabe a sorte q tem. Eu briguei com meu pai biológico, saí de casa e fui morar com meus avós. Minha mãe nem aí, ficou de bico calado, nem tomou as minhas dores, e olhe q eu estava coberta de razão. P q será q existem mulheres corajosas e outras q nem reagem?

De Pirata para Cledisnéia: É, amiga, no mundo tem de tudo. Tvez sua mãe não tenha coragem suficiente pra viver sozinha. Ainda mais se ela depende financeiramente do marido. Dê tempo ao tempo; quem sabe vc ainda se entende com seus pais.

Fauzer, de Piacutu (SP): Aqui em casa, a coisa é diferente: a chefona é a mãe. O pai obedece quietinho tudo o q ela manda. Entrega até o salário na mão dela, todo começo de mês. Dá pra acreditar?

De Pirata para Fauzer: Pelo visto, seu pai não pia muito; mas se o casal se entende numa boa, qual o problema? Vai ver ela administra melhor o suado dinheirinho... Será q vc não tá com medo de arranjar uma mulher q repita a receita da sogra?

Arilson, de Brasília (DF): Durante muitos anos apanhei do meu padrasto, sem eu nem saber por quê. Qdo cresci e encarei, nunca mais ele levantou a mão pra mim. O q vc acha de adulto que bate em criança?

De Pirata para Arilson: Acho a maior covardia, tá sabendo? Não me lembro de ter levado nenhum tapa, nem meus irmãos levaram. Fomos criados na base do diálogo. Hoje em dia todo mundo sabe q violência cometida contra crianças é crime, até há um número de telefone especial para denunciar quem faz isso. E é garantido o anonimato de quem denuncia. Não dá pra calar fingindo q não sabe.

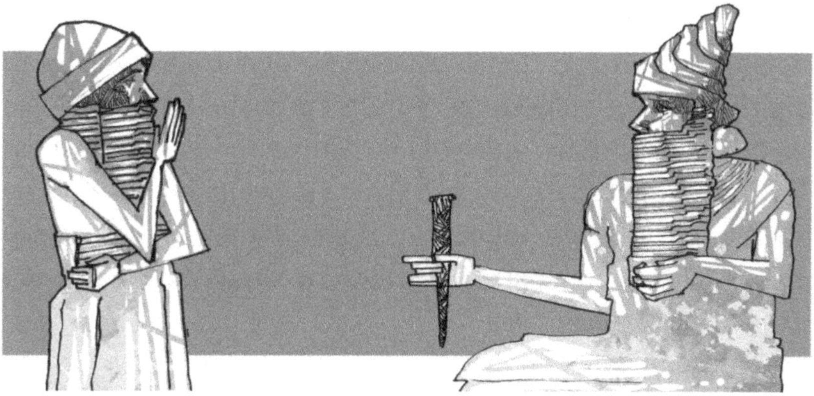

Sábado, 1º de outubro

A galera chia

Eu e o Tio de Todos temos trocado *e-mails* quase que diariamente; ele, como todos os arqueólogos do mundo, anda arrasado com o que acontece no Iraque, região que foi o berço da nossa civilização. Tudo começou lá: a primeira escrita inventada pelos sumérios, que usavam cunhas para gravar sinais em placas de barro, as primeiras cidades, os primeiros reinos, como a Babilônia.

Foi pelo Tio de Todos que fiquei sabendo de um famoso rei da Babilônia, Hamurabi (1793-1759 a.C.), que reinou há quase quatro mil anos; foi ele quem criou o primeiro código de leis da humanidade, denominado Código de Hamurabi, que foi gravado numa estela (coluna de pedra), onde o rei aparece recebendo o conjunto de leis das mãos do Deus Sol e da justiça (Shamash). Descoberta por arqueólogos em 1901, a estela está no museu do Louvre, em Paris.

Esse código era radical: estabelecia a lei de talião, que, trocando em miúdos, quer dizer: "olho por olho, dente por dente". Assim, se alguém arrancasse o olho de uma pessoa, esta teria o direito de arrancar o olho do agressor; se quebrasse os dentes de alguém, deveria também ter seus dentes quebrados. Se alguém matasse uma pessoa, a família da vítima poderia matar o assassino. (Mas era assim só se a vítima fosse um liberto, pois, se fosse escravo, a coisa mudava de figura: bastava pagar metade de seu valor ao dono, já que escravo era considerado coisa, não gente. Um horror!)

Claro que, hoje em dia, não dá mais para seguir o Código de Hamurabi. Dou um exemplo: a Sete Chaves veio contando uma coisa insólita: lá no bairro onde ela mora, que fica na periferia, de vez em quando um safado resolve dar uma festa, então rouba uma vaca do pasto e convida todo o pessoal para comer churrasco. A festa dura até a carne da vaca acabar. Dias depois, aparece o dono da vaca procurando o animal. Se alguém abrir a boca, está ferrado, vai pagar caro. Mas vamos supor que alguém tivesse coragem para denunciar quem roubou a vaca. Pelo Código de Hamurabi, o dono da vaca poderia pedir várias vezes o preço do animal. Se o ladrão não tivesse como pagar, já podia se considerar morto.

No tempo de Hamurabi, o código foi importante porque era o início de tudo, um *rascunho de civilização*. Hoje, o dono da vaca deveria dar parte à polícia, para que o ladrão fosse preso, julgado e cumprisse pena pelo roubo cometido. Isso é o que chamamos realmente de *civilização*, apesar de, cá entre nós, a coisa por aqui andar beirando a barbárie mesmo, não é? Será que alguém andou lendo o Código de Hamurabi? – sai de perto.

O motivo de o Tio de Todos estar arrasado é que os tanques de guerra, após a invasão do Iraque, passaram por cima de sítios arqueológicos, principalmente no sul do país, onde ficava a Babilônia. Sem falar que sumiram milhares de peças do Museu Arqueológico de Bagdá, provavelmente encomendadas aos ladrões por inescrupulosos colecionadores particulares com muita grana para comprá-las. Quer dizer, além de terem morrido milhares de civis numa guerra, na minha opinião, desnecessária, ainda estão destruindo a memória da humanidade. Que nome a gente pode dar a isso?

Já que estamos nesse papo cabeça, preciso descobrir que faculdade devo fazer para me tornar um arqueólogo. Acho que devo cursar História e depois fazer uma especialização em Arqueologia. O Tio de Todos talvez possa me dar uma força, para eu fazer doutorado na Inglaterra, numa daquelas universidades centenárias, como Cambridge ou Oxford... Ia ser dez!

Espero que, quando chegar a minha vez de estudar na terra da Rainha, não haja mais terrorismo por lá, nem em lugar nenhum do planeta. Quer coisa mais estúpida, galera, do que ataque terrorista? O cara se explodir num metrô, num ônibus, ou deixar bombas para serem detonadas e matar civis inocentes, homens, mulheres e crianças? Em nome de quê?

A paranoia causada por esses ataques custou, inclusive, a vida de um brasileiro inocente, o Jean Charles de Menezes, que em 2005 foi confundido com um terrorista e tragicamente morto à queima-roupa, dentro do metrô, pela polícia londrina. Cada vez que vejo o rosto dele na TV ou no jornal, não me conformo: morrer tão jovem assim e em vão...

Por isso, acho o terrorismo a coisa mais asquerosa, mais apocalíptica, mais... Não tem palavra forte o suficiente para definir terrorismo: é a barbárie da barbárie.

Escrito por Pirata, às 15:10

[Deixe sua mensagem]

Amâncio, de Boa Vista (RR): Falando em terrorismo, não é parecido com o q acontece no Brasil, ultimamente? Do jeito q as coisas vão, a gente é q vai ficar presa em casa, enqto a bandidagem toma conta das ruas.

De Pirata para Amâncio: Não podemos nos atemorizar; temos q sair às ruas, enfrentar o medo e o pânico. Qual é? A praça é do povo!

Leandra, de Cuiabá (MT): Qual é a sua? Por acaso é só morador de periferia, pobre, q é ladrão? Vc fala tto em preconceito, e é o pior de tdos.

De Pirata para Leandra: Qual é a sua? Eu só relatei o q me contaram... Julgar pelas aparências já levou mto inocente pra cadeia, viu?

Larissa, de Santa Maria (RS): Fiquei superinteressada no Código de Hamurabi. Onde eu o encontro publicado na íntegra?

De Pirata para Larissa: Pesquise na Internet q vc encontra o código todinho. Foi assim q eu o achei. Tem coisas incríveis e outras assustadoras. Mas vale a pena conhecer.

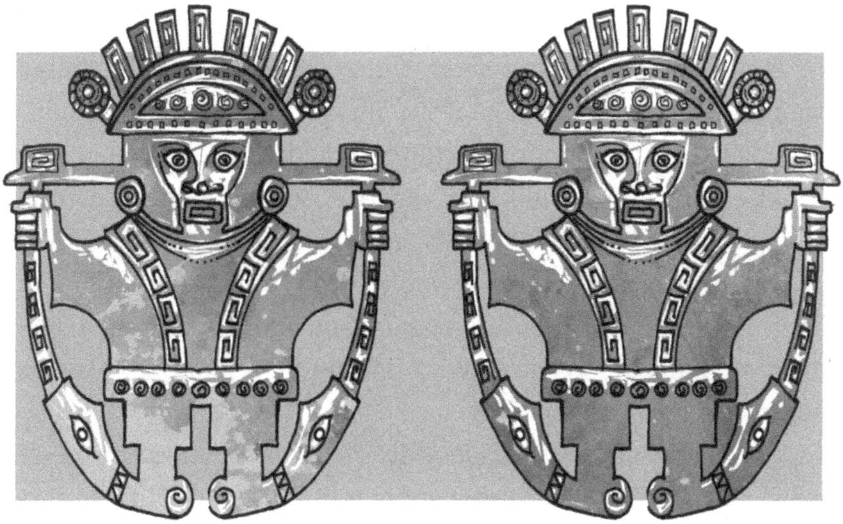

Domingo, 2 de outubro

A galera se manifesta

O Código de Hamurabi causou polêmica, e alguns até sugeriram que houvesse pena de morte no Brasil. Daí eu fico com medo. Será que, no caso de qualquer tipo de pena capital que fosse implantado no país, não iria sempre atingir só os três *pês*, como se costuma dizer: *pobres*, *pretos* e *prostitutas*? Não é assim até mesmo nos Estados Unidos, onde o rigor da lei é conhecido? Dizem que muitas pessoas executadas eram supostamente inocentes: afrodescendentes ou hispânicos pobres, que, por esse motivo, teriam sido mal defendidos por advogados públicos não muito interessados na sorte dos clientes. Agora, com o exame de DNA, volta e meia muitos condenados têm deixado a prisão depois de serem inocentados. Sorte deles que ainda deu tempo, né?

Outra coisa que eu também fiquei sabendo (por um amigo que mora nos *States*) é que foi feito um estudo sobre os policiais que trabalham nos corredores da morte das penitenciárias americanas, concluindo que vários acabam tendo problemas psiquiátricos. Não deve ser fácil conviver com todo o *stress* dos sujeitos confinados, por meses ou anos, no corredor da morte. Sem falar naquele ritual de preparar os condenados, os derradeiros passos até a sala fatal, a ligação de toda a parafernália da execução – cruz-credo!

Quem quiser ter uma ideia do que rola de macabro nesse cenário, assista a dois filmes sobre o assunto, que, eu garanto, dão arrepios: *À espera de um milagre*, com Tom Hanks e um ator que é um verdadeiro gigante no tamanho e na interpretação, Michael Duncan; e o outro, *A última ceia*, estrelado por Billy Bob Thornton e Halle Berry, que até ganhou o Oscar de melhor atriz com esse filme.

O Tio de Todos prometeu que, quando eu passar no vestibular, me dá de presente uma viagem para a Inglaterra. Em Londres, quero visitar o Museu de Cera, que, segundo o Tio, é uma perfeição; certa vez, na saída do museu, ele cumprimentou uma policial, e a galera caiu na risada: a figura de cera era tão perfeita que ele confundiu com uma mulher de verdade.

No andar inferior desse museu tem outro, meio macabro, o das penas de morte: cadeira elétrica, câmara de gás, forca, garrote vil etc., com bonecos fazendo o papel de condenados. O Tio disse que filme de terror perde para o que se vê lá.

Não é por sadismo, não, galera, que eu quero ver isso; o que me interessa é o garrote vil, porque com ele foi executado Atahualpa, imperador inca, por ordens de Francisco Pizarro, após conquistar o Peru. O garrote vil vigorou até anos atrás na Espanha, quando finalmente foi abolido. Era uma coleira de ferro que apertava o pescoço do infeliz, enquanto um pino entrava pela nuca do cara – sai fora!

O Tio de Todos comentou que o tesouro dos incas, que Pizarro dividiu com seus homens, é apenas uma pequena parcela do verdadeiro, que, em valores atuais, pode ser calculado em bilhões de libras. Quando os sacerdotes souberam da chegada dos invasores, esse fabuloso tesouro provavelmente foi escondido nos subterrâneos das fortalezas ou templos, ou atirado no fundo do lago Titicaca (Bolívia).

Só para ter uma ideia, galera, os incas possuíam tanto ouro que os nobres, além de usarem o valioso metal em objetos comuns (pratos, copos, banheiras, lareiras, joias etc.), ainda se davam ao luxo de fazer jardins artificiais, onde tudo, desde a grama até as plantas, flores e animais de grande porte, era feito de ouro. Para os incas, era como se bananeira de fundo de quintal, em vez de bananas, desse ouro!

Escrito por Pirata, às 19:20

[Deixe sua mensagem]

Patrícia, de Boa Vista (RR): Por mim, eu punha todo político corrupto em praça pública, e cada um q passasse podia dar uma chicotada, pq, na minha opinião, quem rouba do povo é genocida. Adorei o Código de Hamurabi. Acho q tá faltando algo parecido por aqui.

De Pirata para Patrícia: No tempo de Hamurabi, o código era um rascunho de civilização; agora (nunca é demais repetir) seria barbárie. Depois ia ser uma sangueira danada, e vá lá saber se os políticos não sofrem de alguma doença contagiosa. O risco pra população q passasse pela praça ia ser gde, concorda? Não é melhor endurecer as penas?

Marcos, de Campos (RJ): Vc já ouviu falar da "fera de Macabu"? O fato aconteceu na cidade de Campos, no Estado do Rio de Janeiro, durante o segundo Império. O cara foi enforcado, acusado de matar uma família inteira. Depois de sua morte, descobriram q era inocente, fora acusado injustamente por um vizinho que estava de olho nas terras dele. D. Pedro II ficou tão horrorizado q passou a mudar toda pena de morte para prisão perpétua. A República aboliu definitivamente a pena de morte no país.

De Pirata para Marcos: Sua mensagem vale por uma tese. Pelo menos se o cara estiver vivo, dá pra corrigir a injustiça, não é? Às vezes, é mais difícil provar q se é inocente do q culpado.

Ricardo, de Macapá (AP): Meu quintal tem bananeira de montão, mas até hoje nenhuma deu ouro. Será que vc não consegue um pé de banana inca pra mim? Garanto uma boa comissão.

De Pirata para Ricardo: Eu tb ando procurando uma muda de árvore q dê moedinhas, nem q sejam de um centavo, pra poder me dedicar apenas à Arqueologia. Vamos ver quem consegue primeiro.

Terça-feira, 4 de outubro

Adivinhe quem vem para jantar!

A Madrinha chegou de surpresa, trazendo um... *noivo* a tiracolo. O Pai de Todos quase teve um colapso nervoso; não fosse a Mãe de Todos acalmá-lo, nem sei o que ia acontecer.

O coroa é legal, avô de vários netos. O fato de ele assumir uma pessoa da mesma idade, numa época em que os homens mais velhos preferem namorar gatinhas, faz dele, na minha opinião, um cara sem preconceito e que não pensa apenas em desfilar por aí.

O Pai de Todos ficou de cara emburrada o tempo inteiro; quando tentava sorrir, era pior ainda, porque o sorriso virava careta. A Madrinha nem aí, estava na dela, feliz pra caramba. Ela e o noivo se conheceram durante uma viagem de navio, e já andam até de alianças. Pretendem se casar logo, já que são desimpedidos: ela é viúva, e ele divorciado.

A Madrinha convidou o filho e a nora para serem os padrinhos de casamento. O Pai vai ter que aceitar e a Mãe deu a maior força. Cabeça moderna é outra coisa. E a Madrinha quer casar no civil e na igreja, tudo a que tem direito. O Pai, irritado, perguntou se também ia casar vestida de noiva; ela fez que nem ouviu. Se a BEBÊ fosse mais crescida, entrava na frente do cortejo, carregando as alianças – ia ser uma graça.

Por mim, estou pronto para ganhar mais um Vô de Todos, quanto mais, melhor. E tem também os netos dele, que regulam mais ou menos com o pessoal aqui de casa, então já viu, né? As festas de família vão ficar cada vez mais animadas. Festa boa é a que tem bastante gente, certo?

Tem um colega lá do colégio que não é muito popular, o coitado. Sei lá, ele não se enturma com a galera. Outro dia, querendo melhorar a situação, resolveu dar uma festa de aniversário e convidou meio colégio. Fui dar uma força, mas acabou aparecendo só um punhado de gatos-pingados, deu até pena. Aquele monte de comes e bebes, e a casa quase vazia.

Nas festas aqui da caverna comparece um bando de gente, é muito legal. Vem parente de tudo que é lado. E contam histórias de família bem engraçadas, piadas, tem os apaixonados por futebol, que ficam discutindo as partidas o tempo inteiro, e os que discutem política – então sai de perto. E dá-lhe comida, porque a turma vem com fome. A criançada faz aquela zona, mas a música não fica muito alta para não incomodar os vizinhos, afinal, cidadania a gente precisa praticar, galera. Depois todo o mundo bota a mão na massa e vai lavar a louça. Tem festa, principalmente de Natal e Ano Novo, que vara a madrugada. É dez!

Família é assim: tem seus altos e baixos, brigas, fofocas, mas "tudo é bom quando acaba bem", ou quase bem. De qualquer forma, a gente toca o barco. É mais ou menos como as caravelas do tempo de Colombo e de Cabral: tendo bom vento, o barco vai adiante; se tem calmaria, o barco para, mas depois o vento sempre sopra... E, como diz o Pai de Todos, "o sangue fala mais alto". Ele devia lembrar disso quando sorri torto para o noivo da Madrinha, que também não está nem aí. Na foto do casamento vai todo o mundo dizer maçã ou xis, e aí, como disse a psico, amiga da Mãe de Todos, a família no porta-retratos ficará perfeita para a posteridade!

Bem, galera, por hoje é só... Ainda preciso comprar meu primeiro terno para o casamento. O Urso e os Digo-Digo também exigiram os deles, sem falar na roupa de madrinha da Mãe de Todos e de padrinho do Pai de Todos, e os vestidos da GM e da GT. O Pai, como sempre, reclamando porque tem que pôr a mão no bolso ou no cartão de crédito, o que dá na mesma. A Madrinha-noiva já encomendou um vestido no capricho. Vaidosa como é, já está até fazendo tratamento de pele e mudou a cor do cabelo, para ficar em cima do salto. Depois conto as fofocas. Fui.

Escrito por Pirata, às 11:35

[Deixe sua mensagem]

Mauro, de Criciúma (SC): Ir ao casamento da vó parece brincadeira. Melhor q isso só guri q vai ao casamento dos pais, antes de nascer. Tá virando moda, não tá? E a noiva até entra vestida de branco.

De Pirata para Mauro: Quer coisa melhor do q ir de carona no casamento dos pais? No maior conforto, sem usar sapato apertado nem esperar uma hora pela noiva atrasada? E q cor vc sugere para o vestido da noiva?

Segunda-feira, 10 de outubro

Turbulências na caverna

Lembra, galera, aquela história de a Gata Manhosa querer que o namorado dormisse aqui em casa? Foi um auê, o Pai de Todos passando a bola para a Mãe de Todos, até chegarem a uma conclusão: *não estavam emocionalmente preparados para ter um estranho dividindo o quarto com a garota, como se fosse marido dela, ainda mais que ela dormia com a Gata Tinhosa. Não ia dar e pronto, não se tocava mais no assunto.*

Não adiantou a GM espernear, chorar, implorar, prometer mil coisas; não teve jeito. E não é que, semanas depois, ela já estava em outra? Despachou "o grande amor da sua vida" como casca de banana jogada no lixo. Quer dizer, os Maiorais deram sorte; caso contrário, ela ia se fazer de vítima o resto da vida.

Bom, agora a GM cismou de viajar com a turma no feriado de 12 de outubro. Eu explico: quando tem um feriado assim, largado no meio, o colégio onde a gente estuda faz a "semana do saco cheio" – já ouviu falar, galera? Quer dizer, libera a semana inteira, para dar um alívio.

Começou no ano passado, e eu, como sou o mais velho aqui da caverna, consegui autorização dos Maiorais para viajar com a turma. A gente foi para uma praia no Ceará, uma curtição. Mas, *sacomé*, eu sou mais eu, além do que sempre existe, ainda que de forma não declarada, aquele machismo. Então, liberar filho para viajar sozinho é sempre mais fácil do que liberar filha. Acho que os coroas pensam assim: e se a gracinha voltar grávida depois de uma viagem dessas? Sem falar no problema das drogas, e por aí vai.

Pois este ano, quando a "semana do saco cheio" foi confirmada no colégio e a turma decidiu ir para Porto Seguro, no litoral baiano, a Gata Manhosa chegou toda elétrica em casa porque queria ir junto. E, muito esperta, me chamou para advogado de defesa – afinal, eu já tinha viajado sozinho, não é? Até usei um argumento irrespondível: se a GM ia fazer dezoito anos dali a alguns meses, ou seja, ia se tornar maior de idade pela nova lei brasileira, podendo fazer o que lhe desse na telha ou na "destelha", o que adiantava proibir agora a viagem dela?

Os Maiorais olharam para mim como se eu tivesse descoberto o ovo de Colombo – aquele que dizem que o Colombo botou de pé (opa, galera: ele não botou ovo feito galinha, botou o ovo de pé na mesa, eta língua miserável de confusa) –, e o Pai de Todos fez um bico, como se refletisse: "Como é que eu não pensei nisso?". Quer dizer, ele pensou que podia ter pensado... Deixe pra lá.

Foi assim, graças ao meu argumento irrespondível, que a Gata ganhou o direito de viajar com a turma para Porto Seguro, e me disse que eu podia contar com ela pra qualquer coisa, era só pedir. Crédito garantido.

Só que a gente não esperava que a Madrinha fosse se casar assim de repente: a danada tinha preparado tudo antes de dar a notícia. E não é que, para desespero da GM, a data fatídica era a mesma do embarque da garota para a Bahia? Fazendo jus ao apelido, a GM abriu o maior berreiro, até ficar de olho inchado...

Foi feito um concílio familiar, com os cinco grandes presentes: o Pai e a Mãe de Todos, eu, a Gata Tinhosa e a suplicante, digo, a Gata Manhosa. O problema é que a Madrinha fazia questão de *todos* no casamento.

Depois de argumentos e contra-argumentos, o concílio familiar da caverna decidiu que a GM tinha o sagrado direito de viajar, porque a viagem fora decidida antes de chegar o convite. Agora, quem ia dar a notícia para a Madrinha?

A Mãe de Todos foi taxativa: o filho da noiva. E o Pai ficou resmungando o resto da noite: ia ter que pagar aquele mico porque a mãe, uma louca, resolvera casar de repente.

A nora, defendendo a sogra, o que já é uma coisa inédita, rebateu: "Louca por quê? Só porque tem mais de sessenta anos não tem direito de se apaixonar e ser feliz?".

O filho, irritadíssimo, revidou: "Deixe a minha querida mãe escutar essa história de idade. Se você pensa dessa maneira, que tal enfrentar a fera e contar que a neta preferida não vai ao casamento dela?".

No final das contas, a Madrinha teve que engolir a ausência da GM, e o casório saiu do mesmo jeito. A noiva estava em cima do salto, elegantérrima, e o noivo não ficou atrás. Nas fotos todos saíram, como esperado, sorridentes e felizes. Depois teve uma baita festa num bufê com direito a dança, e os noivos até dançaram um tango que aprenderam durante a viagem de navio onde começaram o romance.

Festa é uma coisa engraçada: adia tudo, como se o mundo fosse acabar naquela noite, e os problemas fossem todos deletados.

É um tal de curtir felicidade que dá gosto. Acho que é por isso que as grandes festas sempre acontecem no fim de semana; assim dá um tempo até chegar o fantasma da segunda-feira, com escola, trabalho e dívidas para encarar.

Agora, o melhor da festa foi quando, por milagre, ela se transformou naquele filme da Cinderela. Eu explico: estava eu, Pirata, um pouco desnorteado no meio daquela gente sorridente, quando entrou no salão a criatura mais linda que meus olhos já viram. Então, como o Príncipe recebendo por ordem do pai as moças solteiras do reino, fiquei mudo e seco, com taquicardia, e até meu estômago embrulhou, e não foi pela mistura de comida que eu tinha feito. Foi pura emoção.

Só que a Cinderela, em vez de se apaixonar à primeira vista pelo cara que ela nem sabia que era o Príncipe, como acontece no filme, passou por mim e nem *tchum*, não me deu bola; foi como se eu nem existisse. E eu ali, estático, meio besta, quer dizer, besta inteiro, porque não disse nem um olá, a voz não saiu – sentiu o drama, galera?

Foi só depois de muito tempo e coragem que fui descobrir que a deusa era neta do marido da Madrinha. Então, no meio do azar, tive a maior sorte, porque a Princesa agora já faz parte da família, é ou não é?

Passei o resto da noite seguindo os passos daquela aparição. Ela dançou com vários caras de sorte, e nem se tocou da minha presença. Tá legal que tenho um pouco de espinha de tanto comer chocolate, sou muito alto e magro e só comecei a fazer musculação faz pouco tempo, e sem tomar anabolizante, né, galera, que não sou louco de estragar minha saúde (tem que dar tempo ao tempo para ficar sarado). Mas também não sou nenhum Corcunda de Notre Dame, nem o Fantasma da Ópera. Custava a Princesa me dirigir ao menos um olhar de misericórdia?

Passei a noite em claro pensando na gata. Se alguém conhece alguma forma de me transformar num Príncipe Encantado para conquistar a Cinderela, pelo AMOR DE DEUS!, me avise rapidinho. Ficarei eternamente agradecido quando formos felizes para sempre... Sou o último dos românticos, e daí?

Escrito por Pirata, às 15:55

[Deixe sua mensagem]

Tércio, de Cariacica (ES): Vc é certinho demais, *brother*. Das duas uma: ou vc é um gde mentiroso ou então é um ET, *brother*.

De Pirata para Tércio: Vc me pegou: sou um ET, *brother*. Minha nave espacial fica escondida na garagem. Não conte pra ninguém, q eu levo vc pra dar uma voltinha, *brother*.

Sandra, de Cascavel (PR): Vc já não está grandinho pra vir com essa de Cinderela? Deixe de ser mané: se quiser conquistar a gata, mande uma roupa ou tênis de marca.

De Pirata para Sandra: Eu não tenho grana pra comprar roupa e tênis de marca nem pra mim, menos ainda pra dar de presente. Essa doçura toda é por causa do nome da sua cidade ou é da sua própria natureza?

Solitária, de Bauru (SP): P q os garotos só querem transar, pra depois sair contando vantagem pros amigos? Tem gente até q tira fotos e coloca na Internet. O q vc acha de um sujeito q faz isso?

De Pirata para Solitária: Acho que a autoestima dele é mto baixa, por isso precisa provar ao mundo q tem poder. Mas tb demonstra ser um indivíduo sem escrúpulos, pq expõe outras pessoas, e ninguém tem esse direito. Por isso, Chapeuzinhos Vermelhos, cuidado ao entrar na floresta: pode ter um Lobo Mau de plantão!

Quarta-feira, 12 de outubro

Sugestões e novidades

Gata Manhosa ligou avisando que chegou lá e está muito bem, para alívio dos Maiorais e meu, claro, que intercedi por ela. Usou o celular pré-pago a que os mais velhos da caverna têm direito: o Pirata aqui, a GM e a GT; os menores vão ter que esperar a vez. Aliás, a GM nem gosta muito de ter celular porque diz que é uma forma de o Pai ficar controlando a vida dela. Cá entre nós, que numa emergência o danado quebra um galho, ah, isso é; já teve gente que ligou de porta-malas de carro para a polícia, após ser sequestrado. Deus me livre de uma coisa dessas!

Mas mudando de assunto... O que eu recebi de sugestão para ganhar a Princesa, não é mole, não! A maior parte de coisa já manjada; cadê o romantismo, galera? Morreu, foi enterrado e nem ficou sabendo? Será que não sobrou nenhuma garota romântica para remédio, pô?

Foi então que, outro dia, quando estava no chuveiro, descobri como ganhar a Princesa do meu próprio jeito, porque aposto que ela pode ser romântica como o papai aqui. Só que para pôr esse meu plano perfeito em ação, já me informei, vou ter que gastar a mesada inteira nisso. Talvez até seja melhor, assim não como tanto chocolate e outras besteiras, minha pele melhora e eu me transformo num Príncipe para nenhuma gatinha botar defeito.

Aliás, andam me perguntando se eu também sou trilíngue. Descobriram a pólvora, hein, moçada? Convivendo durante toda a infância com a Vó e o Vô de Todos, não podia dar outra, né? E ainda por cima sem sotaque, galera, porque aprendi os idiomas antes dos 10 anos.

O que também me ajuda muito a praticar inglês é o fato de o Tio de Todos trocar *e-mails* comigo, como eu já disse. Mas, para quem não tem a oportunidade que eu tive, o melhor mesmo é passar uns tempos num país estrangeiro, tipo intercâmbio, ou até morar lá por alguns anos, como pretendo fazer depois de me formar, para continuar os estudos.

Não sei se na Inglaterra existem faculdades gratuitas, como no Brasil; na França, todas são assim. Ouvi dizer que estão aceitando inscrições de estrangeiros, principalmente em Ciências Humanas, porque há poucos jovens por lá interessados nesses cursos, que, caríssimos e bem estruturados, não têm alunos – pode? A gente suplicando uma vaga numa universidade pública por aqui, e lá sobrando... Coisa de Primeiro Mundo, como dizem. Está na hora de o Brasil engrenar uma quarta e uma quinta. Senão acaba indo todo o mundo estudar e até mesmo morar lá fora, privando o país de seus melhores talentos.

Agora, tenho o prazer de informar que já pus em ação o plano infalível para conquistar a Princesa, digo, Cinderela. Acho que fui um pouco explorado, mas vamos deixar pra lá. O que é uma pequena inflação perto de um grande amor? Então, gente boa, comece a torcer por mim...

Escrito por Pirata, às 13:25

[Deixe sua mensagem]

Laura, do Mirante do Paranapanema (SP): Tô curiosa pra saber seu plano pra conquistar a Cinderela. Acho q tb sou a última das românticas. Vai fundo nessa, q dou a maior força.

De Pirata para Laura: Obrigado pela força. Logo vc vai conhecer o plano. Não deixe de ler o blog. Fiquei aliviado de saber q ainda existem garotas românticas. Vc mira longe, gata!

Omar, de Santos (SP): Qual é a sua, cara, p q simplesmente não chega na garota e se declara? Tem medo de levar um fora? Macho q é macho se impõe, é assim q elas gostam.

De Pirata para Omar: Que tal ir ver o mar, garanhão? Quem sabe o barulho das ondas acalma vc. Se não acalmar, tome um banho gelado.

Priscila, de Uberaba (MG): Odeio celular; iPod tb não faço a menor questão de ter. Vc acha q sou esquisita ou retrógrada?

De Pirata para Priscila: Gente não é boi pra andar na boiada. E o lema da bandeira do seu Estado não começa com a palavra *liberdade*? Não esquente, menina: os diferentes são o sal da terra!

Quinta-feira, 13 de outubro

Vamos falar de sexo?

Calma aí, galera, precisa dar um tempo para saber se o plano funcionou com a Princesa. Paciência que a gente chega lá... Enquanto isso, para não me desesperar, vou malhando; garanto que vou ficar com a tal barriga de tanquinho custe o que custar. Sem falar que espero também melhorar a pele – inclusive já pedi à Mãe de Todos para marcar uma consulta com dermatologista.

Aproveito para responder a algumas perguntas que a galera tem feito sobre como a gente resolve problemas típicos (e não são poucos) da adolescência, aqui na caverna.

Ao todo, incluindo as funcionárias, somos onze pessoas. Um time de futebol. Os Maiorais são os dirigentes do time. Então, para a coisa funcionar, um não pode desautorizar o outro, certo? Lembra o caso dos Digo-Digo, que são viciados em Internet? A Mãe de Todos deu a bronca, o Pai nem chiou.

Quanto ao assunto *sexo*, tema quente hoje do blog, aqui, na família, o costume é responder na hora às perguntas. E pode perguntar o que quiser: os Maiorais respondem objetiva e claramente – ponto para eles. E olhe que precisa de jogo de cintura, porque aqui tem guri de todas as idades... Descontando a BEBÊ, é óbvio.

O Urso ainda está na fase do Clube do Bolinha: detesta meninas. Então esse, por enquanto, fica na dele. Mas, em compensação, os Digo-Digo já estão na idade do Fico. O negócio é explicar que precisa tomar cuidado para não ultrapassar o farol vermelho, em dupla ou separados.

A Gata Tinhosa é muito seletiva. Acho que vai precisar descer do céu um anjo perfeito para ela engatar um namoro. Ficar não é com ela; diz que acha uma coisa nojenta essa história de beijar dois, três, cinco caras diferentes na mesma balada. Vendo por esse lado, os Maiorais supostamente podem ficar tranquilos, porque a GT parece saber o que quer da vida, não dá moleza. Se ela é totalmente sincera e pretende continuar assim, só o tempo dirá.

Já a Gata Manhosa é o oposto: fica, namora e por aí vai. Mas, como conversa muito com a Mãe de Todos, que é mente aberta, creio que a garota está preparada para o que der e vier; caso contrário, o Pai de Todos perde o resto dos poucos cabelos que tem.

Quanto a mim... Minhas primeiras conversas de *homem para homem*, acredite quem quiser, foram com a Mãe de Todos, quando ela engravidou da Gata Tinhosa. As perguntas eram as normais de toda criança: "Por que sua barriga está crescendo? Por onde entrou o bebê? Por onde vai sair o bebê?". E por aí. Ela explicou tudo naturalmente. Teve até uma vez em que ela, muito aflita, fazia um curativo desastrado na garota, e eu, na sabedoria infantil, tasquei: "Acho que você está arrancando o umbigo da menina". Quer dizer, salvei o umbigo da maninha, o que não é pouco, nessa moda atual de barriga à mostra. Tenho altos créditos com ela, faz tempo.

O que me faltava saber sobre sexo aprendi nos livros, artigos de jornal, aulas de educação sexual do colégio... Porém, "tem uma pedra no caminho": sei tudo isso na teoria, mas falta a prática. Eu já disse que sou TÍMIDO, não disse? E põe tímido nisso. Ficar com uma garota é complicado: antes de me aproximar, suo em bicas, meu coração dispara... É um sufoco. Não tenho vergonha de contar isso, deve ter um monte de gente tímida por aí, como eu.

Agora que conheci a Cinderela, preciso ganhar autoconfiança, porque desta vez é pra valer. Não sou um Príncipe, mas também não sou um sapo. Depois, embora essa Cinderela não tenha esquecido o sapatinho de cristal nas escadarias do palácio, levo vantagem sobre o príncipe da história: *sei onde ela mora.*

Escrito por Pirata, às 20:30

[Deixe sua mensagem]

Isabel, de Olinda (PE): Deixe a Gata Tinhosa se apaixonar pra valer. Daí vc vai ver o q é um vulcão em erupção. Desconfie das gatas mto quietinhas; elas escondem o leite pra beber no escuro.

De Pirata para Isabel: Eta *nóis*, Isabel. De onde vem tta certeza, ó, linda? É experiência própria? Mas sabe q eu já tinha pensado nisso? Vou ficar de olho na GT só de curiosidade. Depois eu conto.

Cida, de Vila Velha (ES): Minha mãe nunca falou de sexo comigo. Aliás, essa palavra é proibida aqui em casa. Tudo o q aprendi foi com colegas e de ouvir dizer. Minha dúvida é: Será que aprendi certo?

De Pirata para Cida: Duvido. Acho bom vc se informar melhor com quem entende das coisas. Q tal um professor ou uma professora de Biologia? Ou comprar um desses livros escritos por especialistas, justamente pra tirar as dúvidas dos adolescentes? Não sei a idade da sua mãe, mas ô cabecinha velha, hein?

Maíra, de São Paulo (SP): Quando uma professora deu uma aula de educação sexual na minha classe, todos os colegas tinham dúvidas, menos eu, pq tenho liberdade em casa pra perguntar o q quiser. Meus pais tb tratam o assunto sexo com naturalidade. A professora não acreditou e me mandou falar com a psicóloga. Pode?

De Pirata para Maíra: Tem gente q não acredita q o mundo esteja evoluindo... Parabéns aos seus pais. E que sorte a sua!

Domingo, 16 de outubro

Cinema e outros assuntos...

O meu gosto por cinema é genético: o Vô de Todos, antes de vir para o Brasil, era jornalista e crítico de cinema; hoje em dia, ele é correspondente de um jornal inglês. Desde moleque, assisto a filmes na companhia do Vô. Quando tem alguma estreia, ele me liga, com aquele vozeirão empostado: "Você 'ter' um tempo disponível, 'garroton'?".

Eu sempre "ter" um tempo disponível, porque o Vô é um cara legal. Além de irmos ao cinema, assistimos aos incontáveis filmes que ele tem em casa; são tantos que precisa até uma estante inteira para guardá-los, principalmente aqueles antigos, que ele ama de paixão. A "joia da coroa" é a primeira filmagem de *O morro dos ventos uivantes*, com Lawrence Olivier, baseado no romance de uma famosa autora inglesa, Emile Brontë.

Vô e vó são uma delícia, completam a vida de uma criança. Ser mimado por eles então... É um carinho gostoso. Desde que não seja exagerado para não estragar o neto, né, gente? Até porque o Vô é muito disciplinado, gosta das coisas todas certinhas, e a Vó também.

Outro dia, eu e o Vô estávamos numa sessão de cinema, quando um folgado atrás dele tascou os dois "pezes" em cima da poltrona. O Vô não teve dúvida, falou em alto e bom som para a sala toda ouvir: "Por favor, 'tirar' já 'essa' chulé 'da minha' nariz". Foi uma vaia só, e o mal-educado teve que sair de fininho... Mereceu.

Outra coisa que tira o Vô do sério é gente que, para não sujar o próprio quintal, leva o cachorro para fazer as necessidades na rua, e não recolhe. Certa vez, um cara que tinha pisado na porcaria entrou no banco onde o Vô pagava as contas. Desavisado, o sujeito sujou toda a escadaria; sobrou para a coitada da faxineira, que, de joelhos, balde e escovão, precisou limpar tudo. Custava a pessoa levar um saquinho de supermercado e recolher o que o cachorro fez? Isso se chama cidadania.

A Vó, então, estava andando na rua quando um engraçadinho atirou pela janela do carro uma lata vazia de refrigerante, que acertou em cheio o rosto dela. A Vó não teve dúvida: catou a lata, mirou bem e devolveu para dentro do carro. Sorte dela que o farol abriu, os motoristas de trás buzinaram, e o cara teve que seguir adiante. O melhor mesmo, numa situação como essa, é contar até dez e deixar barato. Sabe-se lá quem é a figura.

Coisa feia também são os trotes mal-intencionados. Quando ainda era viúva, a Madrinha atendeu a um telefonema. Uma voz de mulher disse: "Aqui quem fala é a namorada do seu marido...". A Madrinha riu e respondeu: "Só se você for um fantasma, minha querida, porque meu marido já está morto faz muitos anos". Até a trotista caiu na risada. E se a Madrinha não fosse viúva, e sim a mulher ciumenta de um marido, digamos assim, tipo galinha? – falta do que fazer.

Isso sem falar nos trotes sobre incêndios e falsos pedidos de socorro, que atrapalham bombeiros e policiais. Não tem coisa melhor para fazer? Leia um livro, cara, faça algum tipo de trabalho voluntário, até lave o carro ou veja televisão, mas não atrapalhe quem quer trabalhar e/ou viver em paz.

Falando em cidadania, também tem malandro que se gaba de estragar extintor de incêndio no prédio onde mora; só gostaria de saber se ele acharia tanta graça caso acontecesse um incêndio no andar dele. Outros adoram apertar os botões do elevador para ele ir parando em todos os andares. Já imaginou, numa emergência, uma mulher parindo ou alguém precisando de socorro médico urgente? Brincadeiras bestas.

Escrito por Pirata, às 20:25

[Deixe sua mensagem]

Saulo, de Uberlândia (MG): Adoro cafuné, beijo, abraço, mas a minha avó, q me criou, é mto seca. O q faço pra ela me dar carinho?

De Pirata para Saulo: Peça, uai. P q vc acha que os bebês abrem o berreiro?

Magailson, de São João do Meriti (RJ): Onde é q ainda tem sala de cinema? Pelo q sei todo mundo agora só pensa em ter DVD e alugar filme em locadora.

De Pirata para Magailson: Q tal, por exemplo, nos *shoppings*? Não há coisa melhor do q a sala escura, a telona lá na frente, e um saco de pipocas na mão, não é?

Segunda-feira, 17 de outubro

Pega leve, pessoal!

Hoje eu quero falar de um problema sério entre os jovens: o consumo cada vez maior de bebidas alcoólicas, embora elas sejam proibidas para menores de idade. E a garotada está começando a beber cada vez mais cedo, desde os doze anos. Em qualquer oportunidade, barzinho, balada, a turma "enche a cara", "toma todas", "mete o pé na jaca", ou "enxuga o copo", o que dá na mesma.

Um amigo do Pai de Todos, que é médico de pronto-socorro, contou que é comum chegarem jovens em estado de pré-coma alcoólico. E esse hábito às vezes começa na própria casa: os pais bebem e fazem vistas grossas quando pegam os filhos bebendo, por achar que é apenas farra de adolescente.

Os fabricantes de cerveja fazem a maior propaganda na TV, com garotões saudáveis e altas gatas como apoio, e depois vêm com aquela frase final: "Beba com moderação". Fala sério! Por que não entrevistam médicos de hospitais públicos, que sabem melhor do que ninguém que a maior parte dos pacientes que dá entrada nos prontos-socorros é vítima de acidentes de trânsito, brigas que terminam em tiros e facadas, atropelamentos etc., provocados por excesso de álcool?

Aproveitando o assunto, vou contar uma história e depois vocês dão sua opinião. Um vizinho, da minha idade, saía sempre para as baladas e costumava voltar para casa bêbado e, ainda por cima, dirigindo o carro. Um dia, perdeu a direção, capotou e morreu, matando também as pessoas para quem ele tinha dado carona... Foi uma coisa HORRÍVEL!

Fiquei sabendo que existe um movimento para evitar tais tragédias: um dos jovens do grupo se compromete a não beber durante a balada, para ser o motorista da turma nessa noite. Para ele só refrigerante, e olhe lá.

Mas e os demais? Será que, no futuro, muitos dos que bebem desde jovens não se tornarão alcoólatras? Vamos pensar nisso, galera, antes de encher a cara da próxima vez.

Acho que é por isso que o Pai de Todos fecha a caverna à meia-noite: quer a filharada segura, sob seus olhos. Os menores nem reclamam, pois ainda não estão nessa de baladas. Eu, como já disse, detesto multidão, e só bebo refrigerante. E nem dirijo, porque não tenho carteira de motorista; ainda não fiz dezoito anos, galera, então só vou de carona.

Escrito por Pirata, às 21:30

[Deixe sua mensagem]

Eduardo, de Natal (RN): Ou vc é mentiroso ou quer bancar o santo. Jura q nunca pegou o carro do pai "emprestado", sem ele saber? Qual é, cara, vá contar essa pra outro.

De Pirata para Eduardo: Pra q a pressa de dirigir? O mundo não vai acabar amanhã – a não ser q caia um asteroide tamanho família aqui na Terra. Mas daí já seria um azar e tto, como o dos dinossauros, né mesmo?

Rodolfo, de Porto Seguro (BA): Tenho amigos q já experimentaram todas as drogas legais ou ilegais, e dizem q continuam numa boa. Eles spre me chamam de careta e me convidam pra experimentar. Vou nessa?

De Pirata para Rodolfo: Cada um é livre pra fazer o q quiser da vida; enqto houver vida, claro! Eu, se fosse vc, continuava careta e fincava o pé na areia.

Ruivo, de Joinville (SC): Vc já ouviu falar de *ecstasy*? Nas *raves*, os caras dançam horas e horas sob o efeito dessa droga, sem aparentar cansaço e na maior euforia, até parece q ganharam na loteria. Depois bate a maior deprê. P q será?

De Pirata para Ruivo: Mto fácil: se vc acelerar o seu carro até acabar toda a gasolina e ele parar numa estrada deserta, sem posto por perto, o q vc acha q acontece?

Renato, de São Luiz do Paraitinga (SP): P q, diabos, a galera dança com a garrafinha de água na mão, nas baladas? É questão de estilo? Ou tem alguma coisa a ver com droga?

De Pirata para Renato: Acertou na mosca, cara. Segundo a psico, nossa amiga, o *ecstasy*, muito consumido nas *raves*, aumenta a temperatura corporal, como o diabo gosta; já teve gente q, acredite se quiser, morreu de *overdose* de... água! Sem falar q a droga frita os neurônios.

Rui, de Porto Alegre (RS): Bebi todas num fim de semana e nem lembro o q aprontei. Acho q fiz até sexo sem proteção; nesses tempos de Aids, agora me bateu o maior pânico.

De Pirata para Rui: Não é só Aids, não. Tem outras doenças sexualmente transmissíveis tb. Fica esperto, guri. Esqueceste uma coisa fundamental: já pensaste virar pai de repente?

Sirlene, de Angra dos Reis (RJ): Vc alguma vez já experimentou alguma droga? Seja sincero.

De Pirata para Sirlene: Minhas drogas favoritas são: alegria de viver, projeto de me tornar um arqueólogo famoso, esperança de despertar a paixão da Cinderela, mil planos para o futuro, sonhos e mais sonhos. Tá bom ou quer mais?

Rejane, de São Paulo (SP): Tem uns engraçadinhos no meu colégio q vendem grama, e os manés compram pensando q é maconha. Descobri por acaso. O q vc acha?

De Pirata para Rejane: É dos trouxas q vivem os espertos. Mas sorte deles (dos trouxas) q é só grama. Já imaginou se fosse alguma planta venenosa?

Sexta-feira, 21 de outubro

Revelações

Uma notícia SEN-SA-CI-O-NAL: outro dia, o Padrinho esteve aqui na caverna com a Madrinha, e a Gata Manhosa (a meu pedido) perguntou a ele como iam os netos.

Ele disse que iam muito bem. Por sinal, comentou que na casa da filha dele estava acontecendo uma coisa misteriosa: todos os dias entregavam uma rosa colombiana vermelha. Junto vinha sempre um bilhete: "Para a Cinderela de vestido azul na festa de casamento".

A neta, para quem obviamente eram destinadas as tais rosas, estava deslumbrada; ficava elétrica esperando o motoqueiro da floricultura chegar. Um dia ele atrasou, e ela quase chorou de desapontamento. O Padrinho concluiu, rindo: "Quando esse admirador anônimo aparecer na frente dela, pode até ser um sapo espinhento que não fará diferença".

O Pirata aqui trabalha ou não trabalha bem? Sem falar que, quando *EU* aparecer na frente da Cinderela, espero já estar mais para Príncipe do que para sapo. Fraco como ando de finanças, por causa das rosas colombianas, que custam os olhos da cara, deixei de comer um monte de porcaria e, aos poucos, já sinto (desculpe o cacófato; jacinto – tudo junto e com *c* – é flor) a diferença. Sem falar que a dermatologista indicou uma loção que, espero, deixe a minha pele lisa como a da BEBÊ.

Aguarde, galera. Se as coisas acontecerem como planejei, o encontro final será melhor do que o do filme *Cinderela*. Palavra de Pirata!

Esta semana vou fazer mais uma surpresa para a deusa: comprei uma camiseta no *shopping*, com uma estampa da Cinderela, em azul, com os dizeres: *Kiss me, I'm cute* ("Beije-me, sou bonitinha"). Não é dez?

Escrito por Pirata, à 00:30

[Deixe sua mensagem]

Ivanilda, de Juiz de Fora (MG): Tá se achando, hein, mano? E se a garota achar que vc não leva o menor jeito pra príncipe? Ih, ih, ih!

De Pirata para Ivanilda: Se liga, menina. Tá fora do seu juízo, tá?

Hortênsia, de Anápolis (GO): Qual é, cara? Mandar rosas colombianas para a Cinderela? Elas nem têm perfume. O q vc tem contra as rosas brasileiras?

De Pirata para Hortênsia: Mil desculpas, minha flor; eu devia ter mandado hortênsias. Elas têm perfume?

Edimilson, de Londrina (PR): Gastei tudo o q tinha e não tinha pra conquistar uma guria, além de fazer versos maravilhosos. Ela, ingrata, me trocou por um mané saradão e com QI de minhoca. Q faço?

De Pirata para Edimilson: Se os versos forem bons, agradeça à mina por ter revelado um novo poeta brasileiro. Se forem ruins, jogue no lixo e arrume outra musa. Em tempo: só pq o cara é sarado não quer dizer q seja burro. Olha o preconceito, poeta!

Sábado, 22 de outubro

Pagando promessa

Hoje, vou pagar uma promessa: o blog será dedicado ao meu maior ídolo, o Pedrão. A gente estuda História do Brasil na escola, mas há detalhes pitorescos que ficam de fora e só se descobre depois.

Em 2008, vão ser comemorados os duzentos anos da chegada da Corte portuguesa ao Brasil. Fugindo de Napoleão Bonaparte e seu exército, D. João, então príncipe regente de Portugal (no lugar da mãe dele, a rainha D. Maria I, que ficara louca), a família real e mais dez mil pessoas se amontoaram da noite para o dia nas caravelas, para se refugiar na terra distante e considerada selvagem – dá pra imaginar o sufoco, moçada?

Para piorar a situação, no dia do embarque chovia torrencialmente em Lisboa, e as ruas eram pura lama. Teve gente que, no afã de subir a bordo, até se afogou. Durante a viagem, a comida e a bebida eram racionadas. Os nobres, acostumados a todos os requintes, brigavam para conseguir tigelas sujas com uma gororoba que não dava para todos.

Depois de cinquenta e quatro dias no mar, os viajantes portugueses finalmente chegaram a Salvador, em janeiro de 1808, numa situação deprimente: sujos e com as roupas em frangalhos, de cabelos raspados por causa dos piolhos, todos debilitados pela falta de comida fresca. Um horror!

Como o calor era muito forte, resolveram continuar viagem até o Rio de Janeiro, que naquela época era uma cidade cheia de febres e pestilências transmitidas pelos mosquitos tropicais. Além disso, tinha ainda outro grave problema: falta de espaço para acomodar milhares de pessoas acostumadas a todo conforto do reino.

D. João não teve dúvidas: mandou afixar, nas melhores moradias da cidade, uma placa que dizia *PR* ("Príncipe Regente"), sigla que o povo logo transformou em: "Ponha-se na Rua". O próprio regente recebeu por cortesia o palacete de um rico comerciante, a Quinta da Boa Vista, onde se instalou com a família real.

Agora, o que me interessa mesmo, nessa história, é a vida do menino Pedro, então com nove anos, e de seu irmão mais novo, Miguel, com cinco. Eles ficaram felizes pra caramba no Brasil. Dois moleques soltos no Rio de Janeiro, com aquela natureza fantástica, o "marzão", as praias... Já pensou, galera?

Pedro de Alcântara Francisco Antônio João Carlos Xavier de Paula Miguel Rafael Joaquim José Gonzaga Pascoal Cipriano Serafim de Bragança e Bourbon. Ufa! Esse é o nome completo do garoto. Imagine uma professora dessa época fazendo a chamada dos alunos em classe!

O garoto cresceu, casou com a princesa Leopoldina e, incentivado por ela, proclamou a Independência e tornou-se o primeiro imperador do Brasil. Em 1826, quando morreu D. João VI, que era o rei de Portugal, D. Pedro I, por ser o filho mais velho, tornou-se também o seu sucessor no trono português.

Mas, como ele já era imperador do Brasil, renunciou ao trono em favor de sua filha mais velha, a princesa Maria da Glória, de apenas sete anos. Ela se "casou", como era costume na época, com seu tio, D. Miguel, casamento esse que, naturalmente, só se consumaria bem mais tarde. Porém, como D. Miguel era ambicioso, não se conformou em ser apenas o príncipe regente e deu um golpe de Estado, tirando a sobrinha-esposa do trono, para assumir como rei de Portugal.

D. Pedro, de temperamento impetuoso, não deixou barato: abdicou do título de imperador do Brasil, em 1831, em favor de seu filho, Pedro II, na época um garoto de seis anos, e foi para Portugal guerrear com o irmão. Depois de vencê-lo, recolocou no trono sua filha, que mais tarde reinaria como Maria II. Porém, esgotado pela campanha e por ter se tornado príncipe regente, D. Pedro acabou morrendo de tuberculose em 1834, com apenas trinta e seis anos, no mesmo quarto onde nascera, no Palácio de Queluz. Dizem que, antes de morrer, ele tocou um quadro na parede, com uma paisagem brasileira, e murmurou: "Minha terra".

Em vista das comemorações dos duzentos anos da chegada da Corte portuguesa, está sendo feita a restauração da antiga Catedral do Rio de Janeiro, onde foram coroados D. João VI, D. Pedro I e D. Pedro II.

Quem for a Lisboa, pergunte por D. Pedro IV. Numa praça vão mostrar a você uma bela estátua, que demonstra a reverência do povo português a quem eles chamam carinhosamente de "Libertador". Na minha opinião, ele é um herói de dois mundos!

Escrito por Pirata, às 20:23

[Deixe sua mensagem]

Ivonete, de Caruaru (PE): Deve ter sido um espetáculo a família real portuguesa chegar, em farrapos, ao Brasil. O q vc acha q os súditos pensaram?

De Pirata para Ivonete: Q o rei estava nu, como naquele conto "A roupa nova do imperador", de Hans Christian Andersen.

Fabrício, de Patos de Minas (MG): Sacanagem do D. João mandar colocar a tabuleta PR. Será q é desde esse dia q brasileiro não leva nada a sério?

De Pirata para Fabrício: Vai ver q o povo acha q está pagando o pato até hoje. E a conta.

Sandra, de Mauá (SP): Afinal, vc quer ser arqueólogo ou historiador? Vc se amarra em História, hein?

De Pirata para Sandra: Arqueólogo tb é um tipo de historiador, não é?

Mirian, de Parnaíba (PI): D. Pedro I, sem dúvida, foi um gde guerreiro. Mas dá pra considerar herói um homem q, segundo historiadores, teve dezoito filhos, a maioria fora do casamento?

De Pirata para Mirian: Dizem que D. Pedro foi um pai mto amoroso. Depois, herói não se mede pela quantidade de filhos, mas pela qualidade do seu feito. Ninguém é perFEITO.

Quinta-feira, 27 de outubro

Humildade e gentileza

Essas eram as características de Rosa Parks, que morreu, nos Estados Unidos, em 2005, aos noventa e dois anos. Eu nunca tinha ouvido falar nela antes de ler uma reportagem no jornal, mas me amarrei na história da sua vida.

Mulher pobre e negra, Rosa vivia em Montgomery, cidade do Estado de Alabama, conhecida pelo racismo de sua população; em 1955, ela recusou-se a ceder seu lugar num ônibus a um homem branco, como mandava a lei estadual. Referindo-se a esse episódio, o pastor Jesse Jackson, que já militou ao lado de Martin Luther King contra o preconceito racial, cravou uma frase antológica: "Ela ficou sentada para que outros pudessem se levantar".

Segundo a reportagem, a atitude de Rosa Parks desencadeou todo o movimento pelos direitos iguais dos negros americanos. Foi como uma avalanche que ninguém segurou mais... Dá para imaginar, galera, a guarda nacional tendo que fazer um corredor polonês para que as crianças negras pudessem entrar nas escolas, antes frequentadas apenas por alunos brancos?

É verdade que o Brasil foi a última grande nação do mundo a abolir o horror da escravidão; também há preconceito por aqui (e não finja que não!), então, não se pode simplesmente atirar a primeira pedra. Mas, se aqui era ruim, lá foi muito pior: havia bairros, banheiros e bebedouros separados para os negros, que deviam sentar nos bancos de trás dos ônibus, e só poderiam ir para os bancos da frente se não houvesse passageiros brancos. Isso valia também para as calçadas – brincadeira!

Por isso, quando surge no país uma história como aquela que eu comentei, da tal gangue Orgulho Branco, me dá arrepio, sabia? O que essa gente pensa da vida? Não dá para vir com essa palhaçada de racismo, não é? Ainda bem que a polícia já identificou o grupo de *skinheads* envolvido naquela história. Eles que vão *skinar* noutro planeta...

Outra coisa que está aqui entalada são as mortes estúpidas de torcedores de times de futebol. Qual é, galera? Será que não dá para encarar o esporte como uma coisa normal, pô? Cada um torcendo pelo seu time numa boa, sem exageros, sem fanatismos... Veja o que acontece quando o pessoal radicaliza em política, religião, o escambau: ataques terroristas pelo mundo afora, brigas entre católicos e protestantes na Irlanda, e por aí vai. E quem sofre, na realidade, são as pessoas inocentes. Fanatismo de qualquer tipo é um horror!

Quero falar também de um rebu que aconteceu no meu colégio esta semana: de trinta alunos de uma classe, quinze tinham baixado da Internet a matéria que deviam entregar ao professor, tudo igual, parecia até xerox. O professor ficou uma fera, disse que não ia mais aceitar isso; agora a turma vai ter que fazer o trabalho manuscrito, de caneta e papel na mão. Só que isso não adianta; o aluno pode copiar o texto que está na Internet, certo?

O negócio é mudar a mentalidade: se nunca fizer uma pesquisa de verdade, a pessoa vai ficar limitada a vida inteira, dependente de uma máquina para fazer o serviço. Depois, onde fica a ética? Os colegas se esforçando e o cara dando uma de esperto. Qual é? Aí brasileiro fica com fama de sempre querer levar vantagem em tudo. Que vergonha, né?

Teve até o caso incrível, que um professor universitário contou numa entrevista: imagine que ele fazia parte da banca de examinadores de uma dissertação de mestrado, na faculdade onde leciona. Ao ler a monografia do aluno, do qual fora orientador, começou a achar aquilo tudo muito familiar. Até que caiu a ficha: a tese era *dele, professor.* O aluno simplesmente se apropriara de grande parte do seu trabalho. Nem precisa falar que o rapaz foi reprovado. Vá ser atrevido assim em Marte! Sem falar nos anúncios pela Internet, em que são oferecidas monografias, teses, dissertações de mestrado prontas, a preços módicos, quer dizer, profissionalizaram a cola!

Mas, mudando de assunto, de malandragem humana para "inteligência animal", quero contar para a galera uma coisa interessantíssima que o Urso descobriu a respeito dos cães. O cara vai mesmo ser veterinário; o que ele gosta de bichos... Vive lendo revistas especializadas no assunto, assistindo ao *Animal Planet* etc.

Imagine, galera, que existem vários tipos de cães: os "cães terapeutas", que visitam os hospitais e asilos, levando alegria aos doentes, principalmente a crianças e idosos; os "cães policiais", que são treinados para descobrir drogas, explosivos, alimentos contrabandeados (estes podem trazer pragas para o país) e até mesmo pessoas sequestradas; e os "cães de serviço", que prestam ajuda a deficientes.

É absolutamente INCRÍVEL o que esses cães conseguem fazer. Segundo o artigo que o Urso leu, guiam tanto deficientes visuais como auditivos (esses podem ser atropelados por não ouvirem uma buzina, por exemplo); empurram cadeiras de rodas; acendem luzes; pegam objetos; chamam o elevador; trazem remédios; acionam campainhas de alarme; e até ligam para números de emergência se for preciso pedir socorro.

Na Inglaterra e nos Estados Unidos, inclusive, há cães treinados para prever ataque epiléptico do dono, com quarenta minutos de antecedência, pois esses cachorros conseguem detectar mudanças químicas no corpo das pessoas. Sem falar que cientistas afirmam que cães também conseguem perceber alguns tipos de doenças graves ao cheirar o hálito e a urina dos pacientes. Já imaginou se isso for comprovado mesmo? Pode resultar em bafômetros sofisticados, que imitem o olfato apuradíssimo dos cães, infinitamente superior ao humano.

Os ouvidos dos cães também são fora de série, enquanto um humano ouve frequências entre vinte e trinta mil hertz, os cães conseguem ouvir de quarenta a sessenta mil hertz. Nos Estados Unidos, eles são utilizados até para detectar cupins! O maior farejador da família dos cães é o da raça *bloodhound*, que consegue seguir um odor a até cento e sessenta quilômetros.

A reportagem que o Urso leu também mencionava um caso famoso, ocorrido há cinquenta anos, aqui na cidade: um garotinho de três anos fora sequestrado. O governador, político famoso pelas suas excentricidades, prometeu que o policial que encontrasse o garoto seria promovido. Muito bem: quem encontrou o garotinho dentro de um buraco no Parque do Estado, depois de ter cheirado o travesseiro usado pela criança, foi um pastor alemão chamado Dick. Agora vem o melhor da história: cumprindo a palavra, o governador não apenas promoveu Dick a cabo, como o cachorro comeu filé-mignon durante uma semana... Mereceu!

Escrito por Pirata, às 14:20

[Deixe sua mensagem]

Úrsula, de Ponta Grossa (PR): Qual a diferença entre copiar da Internet e copiar de uma enciclopédia? Não dá na mesma?

De Pirata para Úrsula: Pesquisar não é copiar. Q tal usar suas próprias palavras? Pra sair tudo igual, de q adianta pedir um trabalho original? Se fosse assim, existiria apenas um livro sobre determinado assunto.

Marcos, de Mossoró (RN): Nos Estados Unidos, o sistema de cotas nas universidades, pra minorias como afrodescendentes, deu certo. Vc acha q no Brasil isso funciona?

De Pirata para Marcos: O Brasil é um país mestiço; a maioria das pessoas tem um pé na África ou na selva, sem falar q há muitos brancos pobres tb. Na minha opinião, um sistema de cotas pode até incentivar o racismo. Não seria melhor investir num ensino de qualidade em todas as escolas do país? A Constituição brasileira não diz q somos *todos* iguais?

Janaína, de Itumbiara (GO): Se a escravidão foi abolida no Brasil, como se explica q ainda haja trabalhadores escravos em algumas fazendas do país?

De Pirata para Janaína: Isso é um tumor social, q precisa ser extirpado com urgência. Tem spre uns safados pra se aproveitar de pessoas desesperadas e levar vantagem, fazendo de conta q não existe lei no país. Cadeia neles.

Argemiro, de Petrópolis (RJ): Fiquei sabendo que o Museu Imperial, aqui da cidade, comprou por quinhentos mil reais a pena que a princesa Isabel usou pra assinar a Lei Áurea, q aboliu a escravidão no Brasil. A pena de ouro, cravejada de vinte e sete diamantes e vinte e cinco rubis, vai ser exposta ao lado da coroa e do cetro de Pedro I. Segundo a notícia, a peça tem valor "inestimável". Agora, a pergunta q não quer calar: Se a pena tem valor "inestimável", como calcularam o preço?

De Pirata para Argemiro: Mto simples: O valor "simbólico" da pena é "inestimável"; mas, pra ser comprada pelo museu, ela precisava ter um valor estimável, quer dizer, o preço q o museu pudesse pagar e pelo qual o proprietário concordasse em vender. Seria uma pena se a pena ficasse spre trancada num cofre; pelo menos agora ela pode ser vista e admirada por todos os brasileiros. Valeu a pena.

Santina, de Caxias do Sul (RS): O q vc acha de cientistas usarem cobaias animais pra fazerem experiências em laboratórios? Não é crueldade demais?

De Pirata para Santina: Desde q o animal não sofra, eu acho válido, pq tais experiências colaboram para que se possam usar novas vacinas e remédios, q podem salvar mta gente. Talvez, no futuro, com a tecnologia, isso venha a ser diferente. Aliás, dizem tb q cada pessoa vai carregar um *chip* contendo toda sua informação genética. O médico então receitará um remédio personalizado, q não causará efeitos colaterais. Já imaginou q maravilha?

Terça-feira, 1º de novembro

Aventuras e desventuras...

Novidades da caverna: primeiro, uma história que parece saída de algum filme romântico. A Madrinha e o Padrinho vieram para jantar novamente. Conversa vai, conversa vem, ela contou uma história incrível! Imagine, galera, que eles se conhecem desde crianças, cresceram em casas vizinhas. Quando eram adolescentes, engataram um namoro que durou cinco anos. Então, pressionada pela família, a Madrinha deu um ultimato para o namorado: casa ou não casa?

Aí a coisa pegou, porque a Madrinha queria ter marido, filhos, ser a "rainha do lar", e ponto final. Na geração dela, muitas garotas já cursavam faculdade, exerciam uma profissão, essas coisas que hoje as mulheres tiram de letra; ela, porém, era do tipo antigo, só queria casar. O Padrinho, ao contrário, pretendia conhecer outros países, fazer cursos no exterior; casamento ainda não estava nos planos dele. A Madrinha então deu um solene fora no namorado e disse que se casaria com o primeiro que a pedisse em casamento.

O Padrinho, mesmo desconsolado com o rompimento, não abdicou dos sonhos, foi para o exterior e lá viveu vários anos. Quando voltou, casou com outra pessoa. A Madrinha casou com um pretendente que só estava esperando uma oportunidade e que foi, segundo ela, um marido e um pai perfeito. Viveram felizes por muitos anos...

Depois que ficou viúva, a Madrinha começou a viajar com as amigas e acabou embarcando naquele cruzeiro. Quando aquele senhor de cabelos brancos a chamou para dançar o bendito tango, ela nem acreditou: ali estava seu grande amor de adolescência. Por isso, gente, a Madrinha marcou o casamento assim de uma hora para outra: não foi um simples encontro, foi *o reencontro*. Dava até um bom filme ou novela, né?

Agora, vou contar o *meu drama*. Ao ouvir essa história, embora seja tímido, bateu uma coragem de repente e me decidi: chegou o momento sublime de o Príncipe encarar a Cinderela. Aliás, minha grana estava no fim mesmo. As tais rosas colombianas tinham me deixado mais liso do que o rosto da Madrinha depois das plásticas e do botox. Então, comprei o último botão de rosa vermelha e me dirigi, como um cavaleiro medieval, para o castelo da minha dama.

Chegando lá, dei com uma garota de ar atrevido, sentada na mureta da casa. Quando me viu, com a rosa na mão, ela já foi dizendo, meio irônica: "Garanto que você é o tal admirador anônimo".

Eu então perguntei, meio sem jeito: "E você, quem é?". Ela respondeu: "Sou a irmã da... Cinderela. Ela mesma não está". Percebi na hora que estava em território inimigo.

Insisti: "Posso entrar para esperar por ela?". Afinal, depois de chegar até ali, eu não podia desistir, certo, galera? A garota fez cara de espanto: "Qual é, garoto, vai chegando assim, sem mais nem menos, e acha que vou pôr um desconhecido dentro de casa? De onde você veio? De outro planeta?".

Aí já achei que era mesmo gozação com a minha cara. Então, em vez da espada de cavaleiro, saquei o celular e disse para ela: "Liga aí pro seu avô e confere quem sou eu". Falei meu nome, filiação, só faltou dar RG e CIC. "Tá legal", ela concordou e ligou para o avô. À medida que eles conversavam, ela ainda ria, me medindo de alto a baixo, e foi me dando uma baita raiva daquela garota atrevida.

Quando ela desligou o celular, disse: "Confere, o vô descreveu você direitinho: um cara magricela, com um pouco de espinha no rosto e que não parece nem de longe um príncipe encantado".

Engoli a seco a resposta da garota. Pelo amor de Deus! Quem o Padrinho pensa que é? Algum deus grego? De qualquer forma, eu já tinha chegado até ali, aguentado desaforo, e não ia ser aquela gatinha malcriada que me faria desistir de falar com a minha amada Cinderela!

Entramos na casa, e nada de a Princesa chegar. Então, para não ficar mudo, fui levando um papinho com a irmã. Geeeente! A garota é uma "gênia", entende de tudo. E não é só isso, tem uma conversa legal, porque é irreverente e divertida. Morri de dar risada quando ela contou como era ser a irmã mais nova de uma garota tão linda quanto a Cinderela. E parece que ela tira de letra tudo isso, porque não demonstra nenhum complexo, muito pelo contrário: fica na dela, com uma autoestima de dar gosto.

Nem sei dizer quanto tempo conversamos, se foram minutos ou mais de uma hora, só sei que fiquei encantado, enfeitiçado pela inteligência e pelo charme da garota. De repente, eis que chega a Cinderela. A irmã sapecou: "Olha o seu príncipe encantado, fiquei conversando com ele enquanto você não chegava. Agora ele é todo seu, maninha". E saiu da sala, me deixando a sós com a Princesa.

Foi como se a luz se apagasse de repente, ficou assim uma coisa estranha. A Cinderela sorrindo para mim, a própria beleza encarnada ali na minha frente e eu nem aí. Sentindo falta da irmã dela – dá para acreditar, galera? Para não fazer desfeita, porque sou um cara bem-educado, entreguei a rosa. Ela então disse que estava muito feliz de me conhecer, ficara encantada com as rosas; ainda por cima, para minha aflição, a garota usava a tal camiseta com os dizeres: *Kiss me, I'm cute*. Acho que, se eu quisesse mesmo beijá-la, seria o final romântico que ela imaginara.

Só que não deu. Ao invés disso, inventei a desculpa de que tinha um compromisso e ligaria mais tarde para a gente combinar um encontro. O que eu podia fazer? A garota parecia parada na minha, e eu só sentindo falta da irmã mais nova, que nem era tão bonita, mas tinha a presença mais luminosa que já vi na vida. Ela é a *mulher da minha vida*, tive certeza nessa hora.

Fiquei tão desolado com a situação que fui desabafar com a Vó de Todos. Ela foi objetiva como sempre: "Você vai ter que escolher: ou fica com a Cinderela ou com a irmã dela". Simples, não? Difícil é decidir.

Escrito por Pirata, às 23:25

[Deixe sua mensagem]

Clóvis, de Tubarão (SC): Pra q escolher? Fique com as duas.

De Pirata para Clóvis: Isso é conselho q se dê? Te cuida, meu, q tubarão tb cai na rede.

Gilberto, de Tucuruí (PA): Fique com a Cinderela: beleza põe mesa.

De Pirata para Gilberto: Mas o melhor não é a sobremesa?

Mara, de Dourados (MS): Eu me correspondo com um cara há seis meses, pela Internet. Parece q nascemos um para o outro. Trocamos fotos, mas não posso garantir q, da parte dele, sejam verdadeiras. Agora ele quer marcar um encontro. Tenho medo de esperar um príncipe e encontrar um sapo. O q faço?

De Pirata para Mara: Evite dar seus dados pessoais a desconhecidos. Mas, se vc acha q vale a pena, marque um encontro num lugar bem movimentado, pra sentir segurança. Agora, responda rapidinho: sua foto é verdadeira a ponto de corresponder aos sonhos dourados *dele*?

Letícia, de Boa Esperança do Sul (SP): Estou apaixonada por vc. Pena q ainda não exista clonagem, pq eu adoraria receber um clone seu. Pagaria até o Sedex.

De Pirata para Letícia: Mesmo q já existisse clonagem, vc precisaria esperar dezessete anos e nove meses pra valer a pena. Tenha fé, vc vai encontrar a sua metade da laranja. Alegria!

Francesco, de Roma (Itália): Nasci e me criei no Brasil, mas há pouco tempo precisei voltar para a Itália com meus pais. Sofro mto pq deixei aí a paixão da minha vida. Vc acha q a distância aumenta ou mata a paixão?

De Pirata para "Romeu": Se a sua paixão se chamar Julieta, com certeza aumenta. Mas com final feliz, claro!

Quinta-feira, 3 de novembro

Encruzilhada

Enquanto decido qual garota escolho (não é fácil, galera!), quero falar de uma coisa muito legal que acontece todo ano no meu colégio e em vários outros colégios particulares, para mostrar realidades diferentes daquela vivida pelos alunos: o *trabalho voluntário.*

Este ano, por exemplo, convenci minha turma de voluntários do ensino médio a dirigir nosso trabalho para asilos de idosos. Explico: todo mundo adora visitar creches ou abrigos de menores, lidar com as criancinhas, que realmente são encantadoras. Dos idosos, porém, quase ninguém fala. Mesmo quando vivem com as próprias famílias, muitas vezes são deixados de lado, e ninguém conversa com eles, ou porque têm deficiência auditiva, ou porque o pessoal mais novo não tem paciência de ouvir as histórias que os mais velhos adoram contar.

Muitos dos que são levados para os asilos ficam praticamente abandonados pelos parentes, que não aparecem nem para visitar. Alguns até são "roubados" pelos familiares, que fazem o idoso assinar procuração para que eles recebam o dinheiro da pensão ou aposentadoria – pode?

Foi por isso tudo que achei uma boa ideia dirigir nosso trabalho voluntário para asilos de idosos. Depois de algumas reuniões, desenvolvemos um projeto legal: escolhemos um asilo e cada voluntário entrevistou um idoso de lá, pedindo que contasse fatos marcantes de sua vida.

O projeto foi um sucesso. Primeiro, porque os idosos adoram falar de sua trajetória de vida: casamentos, filhos, sonhos, profissão etc. Segundo, porque geralmente se dão bem com os jovens, muitos com idade de seus próprios netos ou bisnetos. A direção do asilo, inclusive, contou que, nos dias das entrevistas, os idosos já acordavam risonhos, pedindo para tomar banho e se arrumar, ansiosos pela nossa presença.

O melhor foi quando as entrevistas se transformaram em pequenos livros artesanais, com a história de vida de cada um dos entrevistados. Foi como um legado para os seus familiares.

Além disso, por sugestão do Urso, resolvemos levar alguns bichos para animar os idosos, principalmente aqueles que tinham mais problemas de saúde. Eu levei os três gatinhos: Mi, Mia e Miau. Foi um sucesso tão grande, que eles viraram visitas habituais dos asilos: quem não gosta de gatinhos brincalhões rolando no chão? E também levamos cachorrinhos. Só não levei a Ágata, porque não dá para encarar vinte quilos de buldogue. Aliás, ela detesta água, cada banho é uma epopeia!

Ah, antes que eu me esqueça, quero também responder à pergunta que não quer calar dos leitores habituais do blog: Como eu conheço tanto História? Serei eu um gênio tupiniquim ou um CDF, que não tira os olhos dos livros, apesar de adorar uma boa leitura?

Nem uma coisa nem outra. Acontece que a Vó de Todos, antes de emigrar, fez faculdade de História numa universidade francesa. Depois de algum tempo aqui no país, e já dominando o idioma, ela se interessou em estudar mais a fundo a História do Brasil e se encantou com os personagens, principalmente com o Pedrão. Então, quando eu era um garotinho, ela, além dos contos de fadas, também me contava a vida dos reis de verdade.

Então, galera, isso explica meu conhecimento de História: prazer muito grande pela pesquisa e uma Vó que é uma enciclopédia ambulante; assim, junto a fome com a vontade de comer, e é uma delíCIA.

Escrito por Pirata, às 22:30

[Deixe sua mensagem]

Berenice, de Ourinhos (SP): Na minha família, graças a Deus, nunca teve velhinho nenhum em asilo. Curtimos mto nossos avós e bisavós. Acho horrível imaginá-los nesses lugares.

De Pirata para Berenice: Parabéns pelos avós e bisavós. Difícil é julgar p q há tantos idosos em asilos. Há casos e casos. O ideal é q envelhecessem ao lado de seus familiares. O contato com crianças rejuvenesce.

Raul, do Rio de Janeiro (RJ): Minha avó diz q cansou de ser dona de casa. Como recebe uma boa pensão, foi morar numa espécie de flat, onde tem tudo a seu dispor, inclusive monitores para levá-la a passeios, concertos, teatros etc. Custa uma nota por mês, a mesma quantia q ela gastava para ter a própria casa. Vc acha isso certo?

De Pirata para Raul: Se foi decisão dela, quem sou eu pra meter o bedelho onde não sou chamado? Será q, mesmo tendo a própria casa, ela não se sentia meio solitária? Pelo menos agora tem companhia e aproveita a vida. Qtas vezes vc visitou a sua avó no ano passado?

Segunda-feira, 7 de novembro

Serenata de amor

O Urso veio correndo contar, todo entusiasmado: dois neurologistas, dos Estados Unidos, descobriram que os camundongos machos fazem serenata para suas eleitas. Eu já sabia que os camundongos são as cobaias preferidas dos cientistas, porque o código genético desses bichinhos é muito parecido com o dos humanos. Agora também descobriram que eles cantam! Só que numa frequência tão alta que nenhum ouvido humano consegue captar.

Lembra, gente, quando eu falei que os ouvidos humanos alcançam até trinta mil hertz? E os dos cachorros até sessenta mil hertz? Pois os camundongos cantam numa faixa entre trinta e cento e dez mil hertz. Entre os mamíferos, só emitem sons tão altos as baleias, que alcançam cento e vinte e cinco mil hertz, já os morcegos e os golfinhos atingem cento e dez mil hertz.

E como os neurologistas descobriram a tal serenata? Tipo ovo de Colombo: primeiro, expuseram quarenta e cinco camundongos machos à urina de fêmeas em fase de acasalamento, que exala certo tipo de odor; daí, através do computador, reduziram os sons altíssimos emitidos pelos machos a sons bem mais graves. Bingo! Os camundongos cantam como pássaros!

Aliás, vocês já repararam que, no mundo animal, os machos são sempre *pop stars*? Todos produzidos para seduzir as fêmeas, que são menores e até mais feias. Calma aí, gente, não me acuse de machista; longe disso, porque não estou me referindo a *humanas*: adoro as mulheres, elas são MARAvilhosas! Ops, dei de bandeja o nome da minha musa. Mas, voltando aos animais, é só dar uma olhada no leão, no pavão e mesmo nos pássaros. Tem até um deles na Austrália ou na Nova Zelândia, não tenho certeza, que, na época do acasalamento, infla tanto o papo que fica parecendo um *air bag* vermelho. Haja trabalho para seduzir, não?

Eu que o diga; gastei toda a minha mesada nas benditas rosas colombianas, só que saiu tudo diferente do que eu imaginava, por um motivo: o mundo real não é um conto de fadas. A Cinderela, na história que deu origem ao filme, é órfã e vive maltratada pela madrasta e pelas irmãs, feias e malvadas.

A "minha" Cinderela vive aparentemente feliz, numa casa confortável, tem pai e mãe vivos, e uma única irmã, que é uma graça! Na conversa que tivemos naquele dia, soube até que a caçula quer ser astrofísica, como são chamados hoje em dia os astrônomos. Assim como um dos meus ídolos, o Carl Sagan, autor e apresentador da maravilhosa série de TV *Cosmos* (agora saiu em DVD, oba!). Ele escreveu vários livros que foram traduzidos para o português. Eu adoro uma frase dele: "Somos feitos de poeira de estrelas" – não é dez?

Então, gente, subverti o conto de fadas, porque me apaixonei pela irmã da Cinderela, e, lógico, tinha que dar um fim nessa história para não passar por imbecil completo. Depois de algumas noites em claro, ensaiando o que dizer, tomei enfim uma decisão: marquei encontro com a Cinderela num *shopping* perto da casa dela. Fiquei roendo as unhas (coisa que faço quando fico nervoso) até a garota chegar. Aí ficamos jogando conversa fora, até eu tomar coragem para entrar no assunto.

Comecei pelas beiradas, como quem toma sopa quente. Quis saber se ela não tinha achado estranho receber rosas todo dia de um desconhecido. Ela repetiu que achou legal, também era romântica, e o romantismo andava em falta.

Então, decidido a pôr um fim naquela angústia, perguntei como estava a Mara, porque tinha achado a garota muito interessante e inteligente, bláblábláblá...

A Cinderela retrucou, meio agressiva: "Qual é a sua, cara? Veio aqui para falar de mim ou para elogiar a minha irmã?".

Eu encarei: "E se fosse?".

Ela, a princípio, não entendeu o recado: "E se fosse o quê?".

Olhei bem dentro dos olhos dela e senti uma coisa esquisita. Será que toda aquela perfeição escondia uma pessoa cheia de si, egoísta? "Posso ser sincero com você?", desentalei.

A garota parecia cada vez mais inquieta: "Olhe, cara, abra o jogo de uma vez. Está muito esquisito, sabia? O que tem a minha irmã com isso? Só me falta você dizer que...".

Parece que dessa vez a ficha tinha caído, e eu aproveitei a deixa: "É isso mesmo que você está pensando... Desculpe, mas eu me encantei com a sua irmã, foi paixão à primeira vista! E a gente vai ter que resolver isso numa boa".

Ela se levantou furiosa, e falou tão alto que chamou a atenção de todo o mundo: "Você é um idiota! Se apaixonar justo pela minha irmã... Sabe qual é o meu esporte favorito? Roubar *todos* os namorados dela. E com você não vai ser diferente, sabia? Não pense que vou deixar barato".

E saiu batendo os saltos, me deixando morto de vergonha, enquanto as pessoas riam à minha volta. Teve até um sujeito que comentou: "Tá com tudo, hein, mano? A mulherada brigando por você! Quero essa receita".

Escrito por Pirata, às 11:20

[Deixe sua mensagem]

Lindoaldo, de Mossoró (RN): Senti firmeza, seu menino, assim é q se faz. Agora ou elas se pegam ou pegam vc. Tô doidinho pra saber o resultado.

De Pirata para Lindoaldo: Tá doidinho, é? Pimenta nos olhos dos outros é colírio, sabia? Vc gosta de um mussuru, ops, sururu, né, seu menino?

Erivilda, de Maringá (PR): Vc esperava o q? Enche a Cinderela de mimos, rosas, bilhetes, e depois sai fora? Ela devia é ter lhe dado uns sopapos pra vc aprender a não ser fingido.

De Pirata para Erivilda: Não seja "marvilda", menina. Tenha dó de um pobre garoto q está no maior sufoco. Não fui fingido, fui fisgado.

Terça-feira, 8 de novembro

E agora, como é que fica?

Geeeente... Foi um pega pra capar na casa da Cinderela. Quem me contou por telefone (e parece que se divertiu muito) foi a Mara. Ela e a irmã se pegaram por minha causa (acertou na mosca, hein, Lindoaldo?). No auge da briga, a Cinderela apelou: "Olhe, eu até podia deixar esse garoto pra você, porque nem é grande coisa, não, passa longe de ser um príncipe. Mas, só de pirraça, agora não abro mão". A Mara então replicou: "Você não se conforma porque sempre roubou meus namorados. Agora encontrei alguém que se apaixonou de verdade por mim. Quem não abre mão dele sou eu". E por aí foi...

Já viu a confusão, né? Foi então que uma voz interior me disse: "Olhe, garoto, quem armou toda essa confusão foi você. Seja homem e decida de uma vez com quem quer ficar, antes que elas destruam a casa".

Então, criei coragem e fui até lá. Por azar, quem abriu a porta foi a Cinderela, que já foi chutando o balde: "Veio se desculpar? Cadê a rosa colombiana, seu babaca?".

Contei até dez e fui educado, porque não queria baixar o nível: "Sinto muito, eu devo desculpas a você. Mas o coração me pregou uma peça e...".

Ela nem me deixou terminar a frase: "Vamos, entre logo, que a Mara tá em casa e a gente precisa resolver isso de uma vez".

Entrei na casa suando frio. A Mara veio ao meu encontro toda sorridente. E fui para a sala enfrentar as duas feras. Foram uns dez *rounds*, tipo luta de boxe, quando fica naquele impasse, um tentando derrubar o outro, mas em que o vencedor é definido por pontos. Depois de saraivadas de palavras, e talvez vencida pelo cansaço, a Cinderela saiu da sala dizendo: "Vocês se merecem, são dois babacas mesmo. A fila andou, sabia, 'príncipe'?".

Eu e a Mara caímos na risada e nos braços um do outro. Então aconteceu o maior beijo, tipo coisa de cinema, que me fez ver fogos de artifício! Valeu, gente. Posso não ser um príncipe, mas me sinto um rei. Uma astrofísica e um arqueólogo dão uma boa mistura, valeu? Quem sabe, como nos contos de fadas, seremos felizes para sempre? Ou enquanto durar, vá lá saber... A vida é uma caixa de surpresas, concorda, galera?

Em tempo: o blog vai sair do ar, porque vou cair de paraquedas no vestibular. Mesmo sem ter feito cursinho me sinto preparado, sempre fui bom aluno. E vou contar um segredo: sabe onde fica a minha "caverna de pirata"? É na livraria da Vó de Todos. As prateleiras cheias de livros são como arcas de um grande tesouro, pronto para ser achado e desfrutado... E ainda por cima é um tesouro que ninguém pode tirar da gente.

Teve um grande cientista, acho que foi o Isaac Newton, que disse: "Se fui capaz de ver mais longe, é porque me apoiei nos ombros de gigantes...". Isso significa que todo o patrimônio da humanidade não é decorrente apenas de alguns, mas também de todos os que vieram antes e foram construindo essa pirâmide admirável, que nunca termina de crescer: a do *conhecimento*. Entenderam agora a razão de eu me sentir preparado? Passei a vida inteira me apoiando também nos ombros de gigantes. O que consegui ler, eu li e continuo lendo e aprendendo... A minha caça ao tesouro não vai terminar nunca!

Cruze os dedos por mim, galera. Assim que der, volto com as notícias da faculdade (tomara!), do meu relacionamento com a Mara, e da minha família ampliada, que, apesar dos trancos e barrancos, é uma estrada em que dá para trafegar...

Escrito por Pirata, às 11:45

[Deixe sua mensagem]

Laura, de Corumbá (MS): Ai, meu lindo, venha fazer uma serenata pra mim, venha? Faça de conta que sou a sua ratinha. Diga pra Mara pra segurar bem a coleira, pq tb estou no páreo. Vou torcer adoidado pra vc passar no vestibular.

De Pirata para Laura: Faça de conta q estou debaixo da sua janela, minha bela. Obrigado pela torcida. Espero chegar na frente. Se eu fosse um dos Digo-Digo, mandava o outro gêmeo pra vc. Beijos e um queijo, ratinha.

Deolinda, de Ipatinga (MG): A Cinderela DESISTIU de vc pq acha vc o maior bagulho. Uh, uh, uh.

De Pirata para Deolinda: Não estou nem esquentando com isso. Estava escrito nas estrelas, pode crer, *limpática*.

Patrícia, de Teresópolis (RJ): Vc lavou a minha alma com sua história: tenho uma irmã mais velha q é deslumbrante. Sempre fui o patinho feio da família. Até q o garoto dos meus sonhos, mesmo conhecendo minha irmã primeiro, apaixonou-se por mim. Estou tão feliz q não me aguento.

De Pirata para Patrícia: Aguenta! Esqueceu, gata, q o patinho feio do conto de fadas era, na realidade, um belo cisne?

A autora

Blog está na moda; todo o mundo quer ter. Um escritor também pode ter seu blog. Como adoro desafios, compliquei um pouco a coisa: fiz um livro em forma de blog. O mais divertido foi que eu escrevia ao mesmo tempo como Pirata, o "autor" do blog, e como os internautas que mandavam mensagens.

De manhã, eu "era" o Pirata; à meia-noite em ponto, hora das bruxas, eu ligava o computador e me transformava nos adolescentes que escreviam para ele. Foi delicioso "conviver" com a irreverência daqueles jovens...

Difícil entender a metamorfose? Já dizia o grande poeta português, Fernando Pessoa, em seu poema "Autopsicografia": "O poeta é um fingidor./Finge tão completamente/Que chega a fingir que é dor/A dor que deveras sente".

Então, para a imaginação de um escritor, tudo é possível! Até ser a um só tempo o autor e os leitores do blog que ele mesmo escreve. De certa forma, Pirata é meu *alter ego*: também sou curiosa, pesquiso vários assuntos, entendo os adolescentes. O segredo é manter, independentemente da geração ou idade, o espírito jovem e irreverente, aliás, condição indispensável para ser um artista criador.

Entrevista

Após a leitura de *O blog da família*, que retrata de forma bem-humorada o cotidiano do adolescente Pirata e sua família, que tal conversar com a autora e conhecer a opinião dela sobre alguns assuntos comentados em seus livros?

COMO SURGIU A IDEIA DE ESCREVER UM LIVRO EM QUE A PERSONAGEM CRIA UM BLOG PARA FALAR DE SI E DOS MAIS VARIADOS ASSUNTOS?

• Foi um desses lances que surgem por *insight*: o escritor está sempre procurando inovar. Escrevo para leitores inteligentes, que suponho sejam curiosos a respeito de tudo. Aliás, no mundo moderno, quem está mais bem informado leva vantagem, inclusive na hora de prestar vestibular ou de se comunicar com as pessoas em geral. Quem está "por fora" morre na praia, parece que veio de outro planeta. Mas não basta saber coisas supérfluas, ter conhecimento inútil. É preciso ter o que se chama de cultura humanista. Conhecer o passado, por exemplo, por meio da História, é entender o presente e estar preparado para o futuro.

EM *O BLOG DA FAMÍLIA*, MOSTRAM-SE VÁRIAS ALTERAÇÕES OCORRIDAS NA ESTRUTURA FAMILIAR NOS ÚLTIMOS ANOS: TANTO A FAMÍLIA DE PIRATA, COMO A DE ALGUNS AMIGOS DELE E DE INTERNAUTAS, APRESENTA NOVOS ARRANJOS, É AMPLIADA DE FORMA DIFERENTE. NA SUA VISÃO, O QUE TERIA PROMOVIDO ESSA MUDANÇA? O CONCEITO DE FAMÍLIA MUDOU?

• Antigamente, havia muitos preconceitos, alguns dos quais permaneceram ou foram substituídos por outros. Por exemplo, quando os casais se desquitavam, a mulher separada sofria um tremendo desgaste social porque era considerada "disponível". As crianças nascidas fora do casamento também eram vítimas de preconceito. Com a entrada em vigor da lei do divórcio, em 1977, as pessoas puderam casar novamente e dar amparo legal a esses filhos. No início, era possível casar só mais uma vez. Hoje, o divórcio e o casamento podem ocorrer várias vezes. A Constituição de 1988, sabiamente, equiparou todos os filhos. Com a evolução da sociedade, as famílias ampliadas, que evidentemente já existiam antes, mas eram afetadas pelo preconceito, tornaram-se visíveis, inclusive as oriundas de "uniões de fato", que hoje também são amparadas pela lei. Tornou-se comum ter meios-irmãos de casamentos anteriores ou posteriores dos pais. Daí surgiu o que chamamos de "família ampliada", com novos "avós, tios, primos", todos ligados à vida da criança e do adolescente. Começa a ser normal que, em festas de aniversário, por exemplo, reúnam-se todos: os cônjuges anteriores dos pais do aniversariante, seus novos parceiros, filhos de ambos os lados, numa convivência amigável e calorosa.

APESAR DE, NESTES NOVOS TEMPOS, EXISTIR UM DIÁLOGO MAIS ABERTO SOBRE VÁRIOS TEMAS, QUANDO O ASSUNTO É SEXO, MUITOS JOVENS AINDA NÃO CONSEGUEM CONVERSAR E DISCUTIR SUAS DÚVIDAS COM OS PAIS. COMO VOCÊ ANALISA ESSA QUESTÃO?

• Cada família é uma família. Há as mais liberais, que conversam abertamente sobre sexo com seus filhos. E há outras que, por motivos religiosos ou por formação mais conservadora, não conseguem fazer isso. O problema é que, em nossa sociedade, tanto crianças quanto adolescentes estão expostos continuamente a programas de TV (incluindo novelas), a revistas com mulheres nuas ou em poses apelativas, a propagandas que exploram o corpo feminino na venda de qualquer produto, enfim, a um tremendo e contínuo estímulo erótico e muitas vezes degradante. Tanto é verdade que uma neuropediatra aventou a hipótese de que certa região cerebral, responsável pela sexualidade, amadureça mais cedo nas crianças, por causa desse estímulo exagerado. Isso talvez explique o grande número de grávidas cada vez mais novas. É o caso de uma menina de cerca de dez anos, que, segundo a professora dela, após o parto ficou quase corcunda, parecendo uma velhinha, pelo fato de seu corpo frágil não ter suportado o peso adquirido em uma gravidez tão prematura. Se não bastasse isso, há o preocupante crescimento do número de mulheres afetadas pela Aids, sobretudo jovens, com menos condições financeiras e acesso a informações. E, nunca é demais lembrar, existe também, segundo os médicos, uma epidemia do vírus HPV ou papilomavírus, que, de acordo com especialistas, acomete 30% das mulheres sexualmente ativas, entre os 9 e 25 anos, em todo o mundo. Dados colhidos na *Revista da Folha*, de 4/3/2007, informam que há cerca de cem tipos de vírus HPV, e que os mais virulentos são os de número 16 e 18, causadores da maioria dos cânceres de colo de útero, que matam milhares de mulheres por ano no país, e, em menor número, dos cânceres de pênis, ânus, boca e garganta. Os tipos 6 e 11 causam o condiloma, ou crista de galo, verrugas que podem aparecer tanto no colo do útero, vagina e pênis quanto no ânus e na garganta. Apesar de esses serem tumores benignos, o tratamento é demorado, doloroso e caro, podendo durar de seis meses a cinco anos, além de causar trauma emocional, como alertam os médicos. Já existe uma vacina contra essas quatro cepas mais virulentas, aprovada pela Anvisa (Agência Nacional de Vigilância Sanitária), mas que só faz efeito em quem ainda não teve contato com o vírus HPV. Por isso, o ideal é que seja aplicada em jovens, de ambos os sexos, a partir dos nove anos, e que não tenham iniciado a vida sexual. Estuda-se inclusive a possibilidade de que essa vacina, apesar de cara, seja incluída no rol das obrigatórias, para ser injetada em três doses: no ato, em sessenta dias e depois de seis meses. A imunidade garantida é de no mínimo cinco anos. Só não podem ser vacinados os portadores do vírus HIV, porque tomam remédios imunossupressores, os quais impedem a produção de anticorpos contra o HPV, que é o objetivo da vacina. Ainda de acordo com a *Revista da Folha*, embora a vacinação contra HPV seja uma forma de erradicar o vírus a longo prazo, a prevenção é o melhor remédio. Assim, é imprescindível que pais, professores e todos os que lidam com crianças e jovens não tenham receio de conversar com eles sobre sexo, de forma objetiva e esclarecedora, para incentivar o uso constante de preservativo nas relações sexuais, deixando de lado possíveis pudores morais ou religiosos.

O ideal seria convencer os jovens a não ter tanta pressa e adiar o início da vida sexual. Mas, se forem iniciá-la, que consultem antes um ginecologista (no caso das garotas) ou um urologista (no caso dos garotos), para obter informações que ajudem a prevenir a gravidez indesejada e doenças sexualmente transmissíveis.

HOJE OS ADOLESCENTES TÊM MAIS ACESSO A INFORMAÇÕES SOBRE SEXO, MAS NEM SEMPRE APLICAM A TEORIA À PRÁTICA. VOCÊ ACHA QUE O "COMIGO NUNCA VAI ACONTECER" DESBANCA O CONHECIMENTO NA HORA H?

• Há garotas que ainda pensam que ninguém engravida na primeira transa. Outras, por namorarem garotos mais velhos, têm receio de pedir que usem preservativo, pois eles podem supor que são promíscuas e vivem transando por aí. Os garotos, então, valem-se dessa ingenuidade ou receio para não usar preservativo. Quando ocorre a gravidez, muitos usam a desculpa manjada de que não têm certeza se o filho é deles. É importante criar também nos garotos a noção de responsabilidade sexual: não é porque são homens que podem sair transando por aí, sem se preocupar se a namorada vai ficar grávida, sem esquecer que eles também podem ser contaminados por uma DST (doença sexualmente transmissível); apesar de, no caso do vírus HIV, causador da Aids, a mulher correr um risco bem maior do que o homem de ser infectada, por reter o esperma na vagina. Atualmente há inclusive o costume de "ficar", que inclui beijar vários parceiros numa mesma ocasião; é importante que todos saibam que o beijo, através da saliva, pode transmitir hepatite B, e até cárie. Vale mencionar, como curiosidade, o comunicado da prefeitura de uma conhecida capital brasileira de que no carnaval, ao receber milhares de turistas, distribuiria um *spray* antisséptico bucal para prevenir possíveis contaminações causadas pela "beijação" indiscriminada. É recomendável também não compartilhar objetos de ordem estritamente pessoal, como toalha de banho, sabonete, roupas íntimas etc., porque, segundo especialistas, pode haver o risco de contaminação por alguma DST. Para ilustrar melhor o desconhecimento da juventude sobre sexo, vou relatar um caso verídico. Uma jovem grávida foi à maternidade para fazer o parto, e lá os médicos constataram que ela, curiosamente, continuava virgem, pois não mantivera relações de fato, apenas brincadeiras sexuais com o namorado. Assim, os espermatozoides ejaculados perto da vagina "nadaram" como peixes, aproveitando a umidade natural, para dentro do corpo da garota, até que um deles encontrou o óvulo. Quando o namorado soube que a garota engravidara, quis completar a relação sexual, mas ela se opôs, dizendo que ele não ia querer casar com ela depois, e, portanto, preferia ficar virgem. Os médicos então tinham duas opões para o parto: ou removiam o hímen cirurgicamente, ou faziam uma cesariana. A jovem optou pela última solução, e virou mãe virgem. É um fato incomum, mas pode acontecer. Por isso, moçada, se liga! Saber é poder.

PIRATA É RETRATADO NO LIVRO COMO UM GAROTO QUE GOSTA MUITO DE LER. UMA DAS QUESTÕES QUE PREOCUPAM PAIS E PROFESSORES É A PREFERÊNCIA DAS CRIANÇAS E ADOLESCENTES PELA TELEVISÃO E PELO COMPUTADOR, E NÃO PELOS LIVROS. COMO CONQUISTAR ESSES JOVENS PARA A LEITURA?

• Costumo dizer que minha casa era uma ilha cercada de livros por todos os lados. Nasci numa família de grandes leitores, que amavam os livros. Desde que me conheço por gente, sempre houve um jornal diário, para ser lido inclusive pelas crianças. Na minha infância ainda não havia televisão no Brasil; mas mesmo com o advento dela, continuei apaixonada pelos livros, e transmiti essa paixão para meus filhos. Evidente que hoje, com a concorrência da televisão, e sobretudo do computador, com seus jogos, programas de mensagens, blogs etc., tudo se complicou. Mas uma coisa não exclui a outra. O livro deve ser apresentado à criança logo cedo, feito de plástico ou de pano, para que possa ser um companheiro tanto no banho como nas refeições, enquanto ela ouve as histórias. Também é divertido que crianças bem novas manipulem revistas de todos os tipos, folhetos impressos e coloridos, para que tomem contato com objetos e figuras humanas, e possam imaginá-las como "papai", "mamãe" ou "vovó". Um pouco mais tarde, a criança pode conhecer livros de verdade. Contar histórias e repeti-las sempre que a criança quiser, com todos os detalhes, é essencial. É lógico que, à medida que a criança cresce e aprende a ler, começa a se interessar por uma leitura agradável, que suscite sua curiosidade. Por isso, quando uma criança ou jovem disser que não gostou de determinado livro, é preciso alertá-lo de que existe um número imenso de livros, e não é porque não gostou de um que não vai gostar de nenhum. Outro dia, em um programa incrível de televisão que mostra bebês ainda no útero, afirmou-se que eles sentem o gosto do que a mãe come; assim, se for um doce, lambem a boca; se for algo azedo, fazem uma careta. Também são capazes de ouvir vozes e até música. Será então que, se a mãe ler durante a gravidez, eles também são capazes de captar a emoção transmitida pela leitura? Ler deve ser entendido como prazer, jamais como obrigação. Um livro deve ser apresentado como um companheiro constante de viagem, capaz de despertar a imaginação e fazer voar como num tapete mágico.

Você se formou em Jornalismo. Hoje, você tem dezenas de livros publicados, ganhou vários prêmios e muitos leitores. De que maneira essa formação profissional atua nos seus textos?

• Desde muito jovem eu quis ser escritora. Na época do colegial, hoje ensino médio, tive um professor de Português, também candidato a escritor, que me fez escrever durante três anos uma redação por dia, dizendo que: "A gente não diz que vai ser escritor; a gente começa já". O abnegado professor corrigia tudo, e até hoje conservo o hábito de escrever diariamente. Na época de ir para a faculdade, surgiu um dilema: não havia uma que formasse especificamente escritores, como existia nos Estados Unidos, por exemplo. A solução foi entrar na hoje denominada Faculdade de Comunicação Cásper Líbero, primeira escola de jornalismo do país. Foi um encontro perfeito, porque aprendi a escrever de forma objetiva, clara e concisa, ideal para quem se tornaria uma escritora de livros infantojuvenis. Lá, convivi com outro excelente professor, padre já idoso e um dos maiores oradores sacros do país. Quando corrigia minhas redações, dizia: "Minha filha, você precisa ouvir o ritmo da frase...". Algo que também me ajudou muito foi ter ou desenvolver uma alma de repórter. Meu filho costuma dizer que sou muito atrevida porque escrevo sobre o que não sei. Ora, se não sei, e o escritor não pode saber tudo, corro atrás de quem sabe. Entrevisto médicos, psicólogos, advogados, dentistas, veterinários etc. Além disso, leio muitas revistas, algumas científicas, coleciono recortes de jornais, enfim, pesquiso tudo o que for necessário para organizar uma reportagem sobre o assunto escolhido. Depois de estar absolutamente informada, escrevo a história. Tenho experiências fascinantes. Numa delas, quando me preparava para escrever *O estigma do sexo*, também publicado por esta editora e que trata da violência contra a mulher, entrei em contato com uma delegada da Delegacia da Mulher, que gentilmente me convidou para acompanhá-la em algumas entrevistas com agressores e vítimas. Logo de início, deparei com mulheres agredidas que aguardavam atendimento na antessala: parecia um campo de batalha tal o número de hematomas, braços engessados, e outras coisas terríveis de se ver. Certa tarde, apareceu um casal, cuja mulher se queixava de ter sido ameaçada de morte pelo marido. Este supôs que eu fosse a delegada, por ser a mais velha, e durante vários minutos narrou o ocorrido se dirigindo a mim, tentando se justificar, enquanto a verdadeira delegada continha o riso. Ao final do discurso, disse-lhe que a delegada de fato não era eu, mas a moça que estava a meu lado. Jamais esquecerei o olhar de raiva do sujeito. Em outra ocasião, criei uma personagem que ficou sob coma induzido, para que seu cérebro fosse poupado por causa de uma cirurgia necessária após um grave acidente que ela sofrera. No entanto, eu precisava que a personagem acordasse do coma para conversar com o médico, pois disso dependia todo o final da trama. Não tive dúvida: mandei um *e-mail* para um conhecido neurocirurgião explicando a situação, e ele me respondeu nos seguintes termos: "Prezada autora, é só retirar os medicamentos de sua personagem, que ela terá todas as condições de conversar com o médico. Sucesso com o livro. Abraço...". Outro dia, uma editora submeteu um de meus livros ao crivo de um especialista no assunto, que disse estar impressionado com a precisão e a quantidade de informações contidas na história. Foi importante saber disso. Esse tipo de texto que mescla literatura e jornalismo é uma tendência universal, que já vem de alguns anos e eu produzo faz tempo. É, de certa forma, a literatura cumprindo também seu papel social. Então, digamos que sou uma jornalista que escreve livros. O melhor de tudo é encontrar, em toda parte, antigos leitores que hoje já estão no mercado de trabalho nas mais variadas profissões. Quando me reconhecem pelo nome, dizem: "Nossa, que alegria! Como eu gostava de ler seus livros na época da escola. Guardo alguns até hoje". Esse é o mais saboroso de todos os prêmios que recebi ou talvez venha a receber.

Bibliografia de apoio ao texto

Livros

LIMA, Oliveira. *D. João VI no Brasil.* 3. ed. Rio de Janeiro: Topbooks, 1996.

SOUZA, Octávio Tarquínio. *A vida de D. Pedro I.* 2. ed. Rio de Janeiro: José Olympio, 1954. 3 v.

Revistas

BERGER, Marc. O que o Ocidente deve ao Islã. *História Viva.* São Paulo, Duetto, ano 4, n. 39, jan. 2007.

CHARROUX, Roberto. Tesouros sob completo sigilo. *História Viva.* São Paulo, Duetto. Ed. especial, n. 10: Mistério e esplendor no Peru pré-colombiano.

MONTEIRO, Lucia. História: nos passos do imperador. *Veja,* São Paulo, Abril, 7 set. 2005.

NEVES, Lúcia Maria Bastos P. D. Pedro I: um homem de dois mundos. *Nossa História,* Rio de Janeiro, Vera Cruz, ano 2, n. 23, set. 2005.

SCHWARCZ, Lilia Moritz. O dia em que Portugal fugiu para o Brasil. *Revista de História,* Rio de Janeiro, Biblioteca Nacional, ano 1, jul. 2005.

SOARES, Ronaldo. Inimigo íntimo. *Veja,* São Paulo, Abril, 6 dez. 2006.

Jornais

DIREITOS civis: Parks, ícone da luta contra a segregação, morre nos EUA. *Folha de S.Paulo,* São Paulo, 26 out. 2005.

FOCO: Museu paga R$ 500 mil por pena usada por princesa para assinar a Lei Áurea. *Folha de S.Paulo,* São Paulo, 8 dez. 2006.

HISTÓRIA: morre Wiesenthal, "caçador de nazistas". *Folha de S.Paulo,* São Paulo, 21 set. 2005.

PERES, Ana Maria. Teste: trabalho de cão. *Folha de S.Paulo,* São Paulo, 25 out. 2005.

STRECKER, Marcos. O Império contra-ataca. *Folha de S.Paulo,* São Paulo, 21 out. 2006.

TARDÁGUILA, Cristina. Antiga catedral do Rio será restaurada. *Folha de S.Paulo,* São Paulo, 11 ago. 2006.

ENTRE LINHAS
ADOLESCÊNCIA

O blog da família

Giselda Laporta Nicolelis

Suplemento de leitura

Certo dia, Pirata resolve colocar um blog no ar para falar da família dele. E que família: pai, mãe, "bodrasto", "boadrasta", irmãos, meios-irmãos, avós, tios, as santas funcionárias da "caverna", animais de estimação... Ufa!

Por meio do relato de seu cotidiano, ficamos sabendo o que acontece com sua grande família, seus sentimentos sobre ela, seus gostos, assuntos de interesse e opiniões, o que vai gerar comentários dos que acessam o diário de Pirata na web, e acompanham suas descobertas e incertezas, seus planos para o futuro.

Que tal revermos essa história por meio das atividades aqui propostas?

Por dentro do texto

•

Personagens e enredo

1. Como você descreveria Pirata, o autor do blog da família?

2. Em poucas palavras, descreva os seguintes familiares de Pirata.

Pai de Todos:

Mãe de Todos:

Urso:

Gata Tinhosa:

Gata Manhosa:

Os Digo-Digo:

BEBÊ:

3. Como se formou a família do blog do Pirata?

4. Como é o relacionamento dos moradores da "caverna"?

Linguagem

13. Em determinado momento da história, Pirata escreve: "Então, moçada, o negócio é ler bastante para não pagar mico em vestibular, na faculdade, na roda de amigos, com estranhos, namorada, e, mais tarde, quando for falar em público, defender uma tese etc. A palavra tem força, galera, vale uma espada ou um sabre". (p. 40-1) Você concorda com ele? Por quê?

14. Para se comunicar na Internet, muitos jovens utilizam uma espécie de "dialeto", um jargão, que em alguns momentos até parece uma linguagem cifrada. Por exemplo, "Ae td blz? Fmza? Kdvc? Bjaum" [Aí, tudo beleza? Firmeza? Cadê você? Beijão].

a) O que você pensa a respeito dessa "nova língua"? É fácil de entender? Ela faz parte de seu cotidiano?

b) Na sua opinião, por que usar uma "nova língua" para se comunicar na Internet?

15. O que se pode dizer a respeito da linguagem utilizada em *O blog da família*?

Produção de textos

16. Muitos consideram que falar e escrever corretamente é uma obrigação apenas de alguns profissionais, como professores, jornalistas, advogados, escritores etc. O que você pensa sobre isso? Defenda sua posição a respeito do tema em forma de carta endereçada a um jornal.

17. Quando o livro chega ao fim, Pirata avisa que o blog vai sair do ar porque ele participará dos exames vestibulares. Mas avisa que voltará, assim que puder. O que será que acontece nos "dias seguintes" na vida de Pirata? Como andará o namoro com Mara? Que novidades ele terá para contar? Imagine que você é o Pirata e continue a história, relatando alguns acontecimentos que gostaria de ler no blog dele. Dê asas à imaginação e boa escrita!

Atividades complementares

(Sugestões para Ética, Trabalho e Consumo e Português)

18. Leia o seguinte texto extraído de um artigo de jornal:

O namorado da minha mãe. A avó do meu irmão. O filho do marido da minha mãe. O pai da minha irmã. A mulher do meu pai. A mulher do pai do meu irmão. Personagens como esses estão cada vez mais presentes na narrativa cotidiana das crianças. E, embora às vezes até soe complicado para quem as ouve, elas falam sobre eles com uma naturalidade evidente. [...]

Na casa de Giulio, 7, os irmãos dele – Jorge, 3, e Giácomo, 15 – são filhos de pais diferentes. "Eu chamo a avó do meu irmão grande de vó, mas é avó mesmo dele", conta Giulio.

(Tatiana Diniz. Crianças desmitificam os pais unidos para sempre. *Folha de S.Paulo*, São Paulo, 6 abr. 2006.)

Com a orientação do professor, dividam-se em grupos para discutir o que entenderam do texto, e, em seguida, fazer uma pesquisa sobre esse novo arranjo familiar, e outros que conhecerem. A partir dos dados colhidos, organizem um debate a respeito da seguinte afirmação: Não se pode mais falar que existe um único modelo de família.

19. Pirata já escolheu a carreira que quer seguir e está se preparando para os exames vestibulares. E você, já pensou a respeito do

8. Após ler *O blog da família*, na sua opinião existe um modelo único de família?

Espaço e tempo

9. O que é exatamente a "caverna" de que fala Pirata?

10. Destaque alguns acontecimentos que ocorrem no período em que o blog de Pirata fica no ar.

Foco narrativo

11. Quem narra a história em *O blog da família*?

12. Que nome é dado a esse tipo de narrador? Quais são suas principais características?

5. Como você definiria o cotidiano da família de Pirata?

6. Ao longo da história, percebemos comentários e críticas de Pirata a determinados assuntos. O que ele pensa a respeito:

a) da separação dos pais?

b) de gravidez na adolescência?

c) de preconceito?

d) de os jovens consumirem bebidas alcoólicas?

7. Pirata também registra no blog sua paixão por uma garota, Cinderela, que conheceu no casamento da mãe do Pai de Todos. Como ele a conquista? O que acontece depois?

papel que gostaria de exercer na sociedade? De acordo com sua opinião, o que deve ser considerado na escolha de uma profissão: vocação, remuneração ou ambos? Por quê?

Entreviste um profissional da área que você gostaria de seguir ou considera interessante. Depois, organize as informações obtidas e apresente para os colegas o perfil dessa profissão.

Atual Editora